1327 will Petrarca die schöne Laura zum erstenmal erblickt haben. Ob das, was er darüber sagt, der Wahrheit entspricht, ist fraglich; auch darüber, ob es diese Laura wirklich gegeben hat, ist viel spekuliert worden. Fest steht, daß Petrarca mit seinem *Canzoniere* zum einflußreichsten Lyriker des Abendlandes wurde – und daß er auch uns heute noch ansprechen kann.

Petrarca ist nicht nur der unglücklich Liebende par excellence, sondern auch ein »Dialektiker der Liebe«, er hat die Widersprüchlichkeit der Liebe in ein für allemal gültige Worte gefaßt. Das dichterische Ich leidet an der Liebe, auch an dem Gefühl der »Freiheitsberaubung«, das mit ihr einhergeht – doch gleichzeitig möchte es sich um nichts in der Welt von ihr befreien.

2004 jährt sich Petrarcas Geburtstag zum 700. Mal: Grund genug, den »Dichter der Lauraliebe« mit einer größeren Anzahl seiner Gedichte in einer neuen einsprachigen, originalgetreuen und gut lesbaren Form vorzustellen. Der Göttinger Romanist Jürgen von Stackelberg hat eine solche Übersetzung, ungereimt, aber in rhythmisierter Prosa, hergestellt, die Gedichte erläutert und seiner Auswahl ein Nachwort hinzugefügt.

Francesco Petrarca, geboren am 20. Juli 1304 in Arezzo, ist am 18. Juli 1374 in Arquà bei Padua gestorben.

insel taschenbuch 3022

Petrarca

Liebesgedichte an Laura

Francesco Petrarca
Liebesgedichte an Laura

Achtzig Gedichte aus dem »Canzoniere«
Übersetzt, erläutert und
mit einem Nachwort versehen
von Jürgen von Stackelberg

Insel Verlag

Umschlagabbildung: Parmigianino, Heilige Barbara
Museo del Prado, Madrid

insel taschenbuch 3022
Erste Auflage 2004

Vertrieb durch den Suhrkamp Taschenbuch Verlag
Umschlag: Michael Hagemann
Satz: Hümmer GmbH, Waldbüttelbrunn
Druck: Memminger MedienCentrum AG
Printed in Germany
ISBN 3-458-34722-4

1 2 3 4 5 6 – 09 08 07 06 05 04

Liebesgedichte an Laura

Sonett 1

Ihr, die ihr in verstreuten Versen den Klang
der Seufzer vernehmt, mit denen ich in meinem ersten,
jugendlichen Irren mein Herz genährt, da ich
teilweise noch ein andrer war, als ich jetzt bin,

von euch erhoffe ich für die verschiedenen Töne,
in die sich meine Rede und mein Weinen kleidet,
für mein Schwanken zwischen eitler Hoffnung
 und eitlen
Schmerzen, so ihr je geliebt, Verzeihung oder
 doch Mitleid.

Freilich weiß ich, in welchem Ruf ich lange schon
bei allem Volke stehe – und oft schäme ich mich
in mir über mich selber;

ja, Scham ist meiner Eitelkeiten Frucht,
und Reue, und die klare Erkenntnis, daß,
was der Welt gefällt, ein kurzer Traum nur ist.

Sonett 3

Es geschah an jenem Tage, an dem die Sonnenstrahlen
aus Mitleid mit ihrem Schöpfer sich verdüsterten,
daß ich getroffen wurde, weil ich dagegen nicht
gewappnet war
und Eure schönen Augen, Herrin, mich gefesselt haben.

Mich gegen die Schläge der Liebe zu wehren,
schien die Zeit zu fehlen, ich hielt mich
für sicher, ahnte nichts, und so kamen
meine Qualen in diese schmerzerfüllte Welt.

Amor fand mich ganz ungerüstet vor,
er fand ins Herz den Weg über die Augen,
die nun den Tränen Tür und Tore öffnen.

Doch es lag, so scheint mir, kein Verdienst darin,
mich mit dem Pfeile dergestalt zu treffen
und der Gewappneten den Bogen zu verbergen.

Ballata 11

Den Schleier, Herrin, sah ich Euch im Schatten
und im Sonnenschein nicht heben, seit Ihr wißt,
wie meines Herzens Sehnsucht alles andere Streben
daraus vertrieb.

Solang ich meine schönen Wünsche noch verhehlte,
die mich dem Tode nahe gebracht, sah ich, wie Mitleid
Eure Züge schmückte. Doch nun, da Amor Euch
auf mich hat achten lassen, verschleiert Ihr
das blonde Haar, und Euer liebevoller Blick
verschloß sich mir, so daß, was ich von Euch
für mich so sehr erhoffte, mir genommen ward,
und zu meinem Kummer dieser Schleier
im Sommer wie im Winter das Leuchten
Eurer schönen Augen verdunkelt.

Sonett 12

Wenn ich mein Leben vor dem rauhen Sturm
so lange schützen kann und ich nach all den Qualen,
die in den letzten Jahren ich erlitt, o Herrin,
erlebe, wie das Licht in Euren schönen Augen
matter wird,

und wie die feinen goldnen Haare silbrig werden,
die Kränze nicht mehr sind und nicht das grüne Kleid,
und das Gesicht verblaßt, das mich zu meinem Schaden
klagen läßt, furchtsam und unentschlossen macht,

dann wird die Liebe mir die Kühnheit geben,
Euch meine Leiden darzutun, die meine Jahre,
Tage und Stunden erfüllten;

und wenn die Zeit dem lockenden Verlangen
im Wege steht, so möge meinem Leiden wenigstens
aus Euren späten Seufzern Trost erstehen.

Sonett 13

Wenn unter andern Frauen hin und wieder
in ihren schönen Zügen Liebe aufscheint,
steigert sich mein sehnsüchtiges Verlangen
noch mehr, weil keine so schön ist wie sie.

Dann segne ich den Ort, die Stunde und den Tag,
da meine Augen sich zu ihr erhoben, und ich sage:
Meine Seele, du mußt dankbar sein dafür,
daß du so großer Ehre teilhaft wardst.

Von ihr kommt dir die Liebe, die dich,
wenn du ihr folgst, zum höchsten Gut hinführt
und dich verachten lehrt, was andere begehren.

Von ihr kommt auch der frohe Mut, der dich
auf rechtem Weg zum Himmel lenkt, so daß
mich stolze Hoffnung darauf schon erfüllt.

Sonett 15

Bei jedem Schritt des müden Körpers, den ich
mit großer Mühe schleppe, wende ich mich zurück,
doch dann stärkt mich der Hauch, der von Euch ausgeht
und der mich wieder vorwärts treibt. Ich Armer!

Denk ich an das so süße Gut, das ich verlasse,
an meinen langen Weg und an das kurze Leben,
so ende ich bestürzt und todesbang mein Klagen
und blicke, tränenden Auges, zu Boden.

Manchmal befällt ein Zweifel mich inmitten
meiner Klagen. Wie können diese Glieder so weit
entfernt vom Geist, der sie beseelt, denn leben?

Doch Amor gibt die Antwort: »Weißt du nicht,
daß dies das Vorrecht derer ist, die losgelöst
von aller Menschenweise lieben?«

Sonett 16

Sein trautes Heim verläßt der Alte mit dem silber-
grauen Haar, der dort sein ganzes Leben zugebracht,
und seine Familie sieht voll Bangen den geliebten
Vater von dannen ziehen; es schmerzen

die altersschwachen Glieder ihn
auf seiner allerletzten Reise,
doch der vom Weg und von den Jahren müde Greis
schleppt sich, so gut er kann, nach Rom.

Ihn zieht der Wunsch, denjenigen zu sehen,
der jenem ähnlich sieht, den er im Himmel
zu erblicken hofft, schon hier auf Erden.

Nicht anders, ach, verlangt es mich nach meiner
Herrin, und ich suche, wenn möglich, in anderen
einen Abglanz ihrer wahren Schönheit zu erspähen.

Sonett 32

Je mehr ich mich dem letzten Tage nähere,
der alles Menschenelend kurz erscheinen läßt,
um desto schneller und flüchtiger vergeht die Zeit:
meine Hoffnung war trügerisch und eitel.

Zu meinem Gedanken sage ich: wir werden nicht
mehr lange
von Liebe reden, alle Erdenlast, so hart und schwer
sie ist, schmilzt hin wie frischer Schnee:
dann endlich haben wir Frieden!

Denn mit dem Leib verläßt uns auch die Hoffnung,
die uns so lange träumen ließ, und damit
zugleich Lachen und Weinen, Furcht und Zorn.

Wie oft uns Zweifelhaftes antrieb,
erkennen wir dann erst, und wie wir oftmals
um Nichtigkeiten bangten.

Sonett 35

Einsam und gedankenvoll durchmesse ich,
langsamen Schrittes, die verlassensten Gefilde
und spähe, um sie zu meiden,
nach Menschenspuren in dem Sand.

Ich weiß mich anders nicht zu schützen
vor Neugier und Aufmerksamkeit der Menschen,
denn meinem freuderloschenen Gebaren
ist abzulesen, wie ich im Innern brenne,

so daß ich bereits glaube, es wüßten die Berge
und Täler, die Flüsse und Wälder, wie es um mich steht
und was ich allen Leuten verberge.

Doch so wilde und unwegsame Pfade,
daß Amor sie nicht fände, gibt es nicht:
stets redet er mit mir und ich mit ihm.

Sonett 36

Hätt' ich geglaubt, der Tod befreie mich
von dem verliebten Sehnen, das mich niederdrückt,
hätt' ich mit eigner Hand diese verhaßten Glieder
unter die Erde gebracht samt meinem Kummer.

Doch da ich fürchtete, es wäre nur ein Übergang
von einem Leid zum andern und von einem Kampf
zum nächsten, schreckt' ich vor dem verbot 'nen Schritt
zurück – falls ich ihn nicht noch wage.

Es kommt einmal die Zeit, wo die erbarmungslose Sehne
auf mich den Pfeil abschnellt, den schon das Blut
so vieler Menschen netzt und schwärzt.

Ich bitte Amor darum, und bitte den tauben Tod,
der mich mit seiner Blässe angekränkelt hat,
auf meinen Ruf zu hören. Doch er denkt nicht daran.

Sonett 39

So sehr fürcht' ich den Angriff Eurer schönen Augen,
in denen meine Liebe und mein Tod beschlossen sind,
daß ich sie meide, wie ein Kind die Rute.
Und lang ist's her, daß ich zum ersten Mal sie mied.

Es gibt keine so unwegsame und steile Stätte,
zu der ich nicht aufsteigen wollte, um dem zu entgehen,
was meine Sinne schwinden und mich, wie bisher,
zu Stein erstarren läßt.

Wenn ich also so lange zögerte, Euch anzuschauen,
und dem nicht nahe kommen wollte, was mich versehrt,
war das kein unentschuldbares Vergehen.

Vielmehr: sich zuzuwenden dem, was jedermann
vermeidet,
und sein Herz von dieser Furcht zu lösen,
war kein geringes Zeugnis meiner treuen Liebe.

Sonett 46

Das Gold, die Perlen, die roten und die weißen Blumen,
die der Winter welken und verdorren läßt,
sind spitze und giftige Dornen, die
ins Herz mir und in die Seite stechen.

Mein Leben kann nur tränenreich und kurz sein:
so großer Schmerz erlaubt kein Altern;
die Hauptschuld aber tragen jene tödlichen Spiegel,
die ermüdet sind von meinen Blicken:

sie haben Amor Einhalt geboten, der für mich
flehte. Er schwieg, als er erkennen mußte,
daß Ihr mein Verlangen von Euch weist;

sie wurden an den Wassern des Abgrundes hergestellt,
ewiges Vergessen ist in sie eingefärbt;
sie bergen den Keim zu meinem Tod.

Sonett 47

Im Herzen spürte ich, wie mir die Sinne schwanden,
die von Euch Leben beziehen, doch da die Lebewesen
auf Erden alle von Natur einander beistehen
gegen den Tod,

gab ich dem Wunsche nach, den ich zurückgehalten,
und begab mich auf den Weg, von dem ich abgewichen,
und zu dem mich Tag und Nacht alles verlockt,
indessen ich auf anderen Pfaden wandelte.

Es gelang mir, schamhaft und zögernd, ihre holden
Augen
wiederzusehen, vor denen ich mich sonst hüte,
um ihnen kein Ärgernis zu sein.

Ich lebte auf, denn für mein Leben bedeutet
ein Blick von Euch mir alles. Sterben muß ich,
wenn ich mich diesem Wunsche widersetze.

Canzone 50

Zu der Stunde, wo der Himmel sich rascher gen Westen
neigt und unser Tag zu Menschen fliegt, die drüben
ihn vielleicht erwarten, beschleunigt,
wenn sie sich allein im fernen Lande sieht,
die müde alte Pilgerin die Schritte,
und eilt und eilt,
wie einsam sie auch sein mag.
Und geht sodann ihr Tag zur Neige,
spendet ein kurzer Schlaf
ihr Trost, und sie vergißt
alle Beschwernis des Wegs, den sie zurückgelegt.
Mir aber, wehe! wächst die Qual,
die mir der Tag gebracht, sobald das ew'ge Licht
von hinnen geht.

Wenn der Sonnenwagen seine Flammenräder wendet,
um in die Nacht zu tauchen, und von den Bergeshöhen
die Schatten immer länger fallen,
ergreift der arme Landmann sein Gerät,
schafft sich mit Worten und einem rauhen Lied
des Tages Last von seiner Brust,
belädt den Tisch
mit kargen Früchten,
gleich jenen Eicheln,
die alle preisen und doch keiner mag.
Mag freuen sich, wer will, zu dieser Zeit:
ich habe keine frohe, ja,

nicht einmal ruhige Stunde zugebracht,
solange die Planeten sich am Himmel drehen.

Wenn der Hirte die Strahlen des großen Sterns
sich jenem Nest zuwenden sieht, in dem sie ruhen,
wenn das Land im Osten dunkelt,
erhebt er sich und treibt mit dem gewohnten Stecken
gemächlich seine Herde von der Weide,
von den Buchen und vom Quell,
und er bereitet, fern von allen Menschen,
sich ein frischgestreutes Lager
in seiner Hütte oder Höhle,
um darauf sorgenlos und sanft zu ruhen.
Ach, Amor, unbarmherzig zwingst du mich dann,
ein Wild zu jagen, das mir die Stimme,
die Schritte und Spuren auslöscht,
meinem Zugriff entwischt und flieht.

In der geschloßnen Bucht strecken die Schiffer,
sobald die Sonne untergeht,
die Glieder aus auf harten Planken, ohne
ihre Kleider auszuziehen.
Doch ich, indes die Sonne in den Fluten versinkt,
Spanien hinter sich läßt,
Granada, Marokko und die Säulen des Herkules,
sie Männern und Frauen,
der Welt und allen Tieren
ihre Sorgen nimmt,
ich werde meinen heillosen Schmerz nicht los,
der sich von Tag zu Tag verschlimmert:

mir steigert er sich schon ins zehnte Jahr,
und keinen Menschen kenne ich, der mich von
ihm erlöst.

Um mir das Herz mit Worten ein wenig zu erleichtern,
schaue ich abends den Ochsen zu, wie sie, vom Joch
befreit,
von den gepflügten Äckern heimwärts ziehen.
Warum nur, warum befreit mich keiner
endlich von meinen Qualen?
Von meinem schweren Joch? Warum sind mir
die Augen feucht bei Tag und Nacht?
Ich Elender, ach, ich wollte es ja so, als ich
zum ersten Mal die Augen ihrem schönen Antlitz
zuwandte, wohl wissend, daß nicht List und
nicht Gewalt
sie wieder lösen könnten bis ans Ende,
das mich von allem scheidet:
doch ob auch von ihr,
das weiß ich nicht.

Wenn du mir, mein Lied, zum treuen Gefährten
geworden bist und mich vom Morgen bis zum Abend
begleitet hast, so wirst du doch nicht allerorten
dich zeigen wollen, nicht um das Lob der Welt
dich kümmern: mögest du von Gipfel zu Gipfel
wandern, wie mich zu tun gezwungen hat
der Funken, der von diesem lebendigen Stein
ausgeht, auf den ich mein Leben stütze.

Madrigal 54

Da ihr die Liebe ins Antlitz geschrieben war,
rührte eine Pilgerin mein eitles Herz:
jedwede andere schien dieser Ehre weniger würdig.
Und als ich ihr durchs grüne Gras nachfolgte,
vernahm von ferne ich ganz laut die Stimme:
– Ach, wie viele Schritte tust du umsonst im Wald!
Da hielt im Schatten einer schönen Buche sinnend
ich inne und blickte umher. Und ich erkannte
die Gefahren meines Wegs. Ich kehrte
sozusagen mitten am Tag zurück.

Sonett 56

Sofern das blinde Verlangen nicht trügt, das mir
das Herz zerfrißt, wenn ich die Stunden zähle,
flieht jetzt, während ich rede, die Zeit dahin,
die sie mit mir zu teilen gnädig versprach.

War je ein Schatten so grausam, daß er die ersehnte
  Frucht
kurz vor der Reife verdorren ließ? Und welches Tier
brüllt auf in meiner Hürde? Wie kam eine Mauer
zwischen die Ähre und den Mäher?

Weh mir! Ich weiß es nicht. Doch klar erkenne ich,
daß Amor meine Tage mit froher Hoffnung füllte,
um sie qualvoll zu machen.

Und ich erinnere mich daran, wie ich einst las,
daß vor dem Tag des letzten Abschieds
kein Mensch sich glücklich preisen kann.

Ballata 59

Wenn, was zuerst in mir die Liebe weckte,
man mir nun vorenthält, so weiche ich
von meinem festen Willen doch nicht ab.
Zwischen den Strähnen aus Gold
lag die Schlinge verborgen, in der Amor
mich fing. Mit einem plötzlichen Leuchten
zugleich drang mir das kalte Eis ins Herz,
so daß ich wider Willen einzig daran denke.
Es legt mir die Seele bloß.
Ach, der süße Anblick ihrer blonden Haare
ist mir genommen, und es betrübt mich, wie
das Licht der schönen, holden Augen
sie von mir wendet auf der Flucht.
Doch tapferes Sterben bringt Ehre:
deshalb will ich, daß weder in den Schmerzen
noch im Tod Amor meine Fesseln löst.

Sonett 61

Gepriesen sei der Tag, der Monat und das Jahr,
die Jahreszeit, die Stunde und der Augenblick,
die schöne Gegend und der Ort, wo sie mit ihren
schönen Augen mich anblickte, die mich gefesselt haben;

gepriesen sei das erste süße Bangen,
das mich ergriff, als Amor sich zu mir gesellte,
der Bogen und die Pfeile, die mich trafen,
und die Wunden, die sie ins Herz mir schlugen;

gepriesen seien die Worte, die ich brauche,
um meiner Herrin Namen zu preisen, die vergossenen
Tränen, die Seufzer und mein Sehnen;

gepriesen sei das Schreiben, das
mir Ruhm erwirbt, und alles Denken,
das ihr gilt, nur ihr, und keiner anderen.

Sonett 74

Ich bin es müde, darüber nachzusinnen, wie es kommt,
daß ich's nicht müde werde, immer an Euch zu denken,
und wie es kommt, daß ich nicht aus dem Leben scheide,
um die schwere Bürde meiner Leiden loszuwerden;

wie vom Antlitz, von den Locken, von den schönen
Augen zu reden mir niemals die Worte
fehlen noch die Töne, Euren Namen
bei Tag und Nacht zu nennen,

wie es kommt, daß meine Füße nicht erlahmen,
Euren Spuren überallhin zu folgen,
und zwecklos meine Schritte zu vergeuden,

und woher Papier und Tinte rühren, die,
Euch zu preisen, mir dienen? Doch wäre es nicht so,
wäre die Liebe schuld und nicht mein Dichterstreben.

Sonett 89

Ich bin dem Kerker entronnen, in dem mich Amor
jahrelang gefangen hielt, wie er es wollte.
Ihr Frauen, es ging' lange, wollte ich sagen,
wieviel Bedauern die Freiheit mit sich bringt.

Mein Herz hatte mir eingeflüstert, daß ohne Liebe
ich nicht leben könnte einen Tag. Und dann erschien
Amor, der treulose, verlogen und maskiert:
er hätte Klügere als mich betrogen!

Mich zurücksehnend sagte ich mir immer wieder,
o weh, das Joch, die Fesseln und die Knechtschaft,
sie waren süßer als die Freiheit!

Ich Armer! zu spät erkannte ich das Übel,
und wie mühsam es ist, sich von dem Irrtum frei zu
machen,
in den ich mich ja selbst verwickelt hatte.

Sonett 90

Ihr goldenes Haar wehte lose im Wind
und ringelte sich zierlich tausendfach;
über die Maßen brannte das Zauberlicht
der schönen Augen, die nun so glanzlos sind;

und Mitleid, schien mir, färbte ihr Gesicht,
ob's wirklich so war, weiß ich nicht. Was Wunder,
daß, wer schon die Glut im Herzen trug,
sogleich in Liebe ganz entflammte?

Ihr Schreiten glich dem keiner Sterblichen,
denn es war engelsgleich, und ihre Worte
klangen nicht so, wie Menschenworte klingen.

Eine Himmelserscheinung, eine leibhafte Sonne
war, was ich sah, und ist sie's jetzt nicht mehr,
so heilt, weil schlaff der Bogen, doch die Wunde nicht.

Sonett 96

Ich bin vom Warten und den Seufzern,
die mir zusetzen, so ermattet, daß ich
die Hoffnung und die Sehnsucht hasse,
sowie die Bande, die mein Herz fesseln.

Aber das schöne, anmutige Antlitz, das ich male,
trag ich im Busen und sehe es vor mir,
wo immer ich bin: es zwingt mich zu lieben,
darin ist mein Martyrium von Anfang an beschlossen.

Daß die alte Straße der Freiheit mir versperrt
sein würde, wußte ich nicht, noch welches Übel
dem nachfolgt, was den Augen so gut gefällt.

Frei und ungebunden war ich, als ich dem Unheil verfiel;
jetzt muß die Seele sich dem fremden Willen fügen,
nur weil sie einmal einen Fehler begangen hat.

Sonett 97

O schöne Freiheit, wie hast du, als du von mir gingst,
mich über den Zustand belehrt, in dem ich mich befand,
ehe der erste Pfeil die Wunde mir schlug,
die niemals heilt!

Die Augen verliebten sich ins eigene Unheil so,
daß keine Vernunft Einhalt gebieten konnte:
ich, ach, bekam sogleich zu spüren, wie wenig
alles Menschenwerk gegen die Augen vermag!

Ich hörte nicht auf die, die meinen Tod
    heraufbeschworen;
und mit ihrem Namen füllte ich das All,
weil er so süß klingt.

Amor will nicht, daß ich mich nach anderen umsehe:
meine Füße kennen nur den einen Weg, und
    meine Hände
wissen nicht, wie sie zum Lobe anderer die Feder
    führen sollten.

Sonett 101

Ach ich weiß wohl, welch Schmerzensopfer
der von uns verlangt, der niemandem vergibt,
und wie bald man diese Welt verlassen muß,
die uns nicht lange treu geblieben ist.

Ich sehe, wie gering der Lohn für unser Leiden ist
und habe schon den Klang des letzten Tags im Herzen.
Doch deshalb gibt Amor mich doch nicht frei,
der meine Augen den gewohnten Tribut zahlen läßt.

Wie Tage, Stunden und Sekunden die Jahre
verfliegen lassen, weiß ich, und ich lasse mich
nicht täuschen,
doch zwingt mich eine Gewalt, die stärker ist als
Zauberwerk.

Zweimal sieben Jahre haben Vernunft und Sinne
miteinander gekämpft. Wer überlegen ist, wird siegen,
sofern auf Erden man noch Gutes verkünden kann.

Madrigal 106

Ein wundersamer, flinker Engel kam vom Himmel
auf das grüne Ufer herabgeflogen,
wo ich mich einsam, meines Geschicks gewärtig, erging.
Da der Engel mich ohne Begleitung und Geleit
erblickte, flocht eine seidene Schlinge er
und versteckte sie im Gras:
darin verfing ich mich. Und es mißfiel mir nicht,
daß in ihren Augen ein so holdes Licht aufstrahlte.

Sonett 107

Wohin ich fliehen könnte, weiß ich nicht.
So lange führen ihre schönen Augen Krieg mit mir;
ich fürchte, ach, das Herz, das niemals Ruhe findet,
zerbricht vor so viel Anspannung.

Ich möchte fliehen, doch die Liebesstrahlen,
die mich im Geiste treffen Tag und Nacht,
leuchten so hell, daß sie nach fünfzehn Jahren
mich mehr noch blenden als am ersten Tag.

Allüberall dringen sie hin. Ich kann mich nirgendwo
verstecken: entweder sehe ich sie oder
die Helligkeit, die sie verbreiten.

Einzig ein Lorbeer grünt im Walde,
und mit bewundernswerter List lockt stets
mein Feind mich dahin, wo er will.

Sonett 110

Amor lenkte meine Schritte zu der gewohnten Stätte;
er war gerüstet und schien kampfbereit,
wie einer, der auf einen Angriff sinnt.
Ich war in ältere Gedanken versunken.

Da wandte ich mich um, erblickte an meiner Seite
einen Schatten, den die Sonne warf, und erkannte
die auf Erden, die, wenn ich nicht irre,
würdig wäre, unsterblich zu sein.

Da sprach ich zu mir: Warum erschrickst du?
Doch kaum war mir dieser Gedanke gekommen, da
trafen mich schon die Strahlen, die mich verzehren.

Wie mit dem Blitz zugleich manchmal der Donner grollt,
so überraschte mich zugleich das Leuchten ihrer Augen
und ihr süßer Gruß.

Sonett III

Die Herrin, deren Bild ich stets im Herzen trage,
erschien mir dort, wo ich mich meinen Liebesträumen
hinzugeben pflege; ich wandte mich, um sie zu ehren,
ihr blaß und voller Ehrfurcht zu.

Kaum hatte sie bemerkt, in welchem Zustand
ich mich befand, da färbten ihre Züge sich
so hold, daß Zeus sogar die Waffen niedergelegt
und seinen Zorn vergessen hätte.

Ich war erschüttert; sie ging vorüber
und redete, doch ihre Worte gingen unter
im süßen Funkeln ihrer Blicke.

Denk ich an die Begegnung zurück, steigt solche Freude
in mir auf, daß keinen Schmerz ich mehr verspüre,
noch jemals wieder spüren werde.

Sonett 116

Voll jener unsagbaren Süße, mit denen meine Augen
sich füllten, als sie ihr holdes Antlitz sahen,
hätte ich gerne sie geschlossen am letzten Tag,
um nichts, das weniger schön wäre, zu schauen.

Ich verließ die, nach der ich mich sehne, und habe
meinen Geist so sehr daran gewöhnt, sie zu erblicken,
daß ich nichts anderes mehr sehe und, was sie nicht ist,
verachte und hasse.

Ins enge Tal des Flüßchens, das Zuflucht bietet
für meine müden Seufzer, gelangte sinnend ich
und zögerlich.

Da gibt es keine Frauen, nur Strudel und Steine,
und die Erinnerung an die Begegnung, die mein Auge
vor sich hat, wohin es schaut.

Sonett 118

Das sechzehnte Jahr meiner Seufzer ist vergangen,
ich nähere mich dem Ende meiner Tage. Doch
es kommt mir so vor, als hätte ich den Anfang
meiner Qualen noch vor mir.

Lieben ist süß; Leiden ist nützlich; das Leben traurig.
Ich wünschte, Fortuna kürzte mein Elend ab, doch
ich muß fürchten, daß sie die holden Augen, die mich
beredt machen, *vor* mir schließt.

Ich wollte *mehr* wollen und will doch nicht *mehr*,
ich kann nicht *mehr* können, als ich kann;
hier bin ich, ach, wär' ich doch woanders!

Meine neuen Tränen über den alten Kummer
beweisen, daß ich immer noch derselbe bin,
so sehr ich tausendmal mich auflehne dagegen.

Sonett 124

Amor, das Schicksal und mein Geist, der allem,
was er sieht
ausweicht und im Vergang'nen lebt, bedrücken mich so,
daß ich bisweilen neidisch bin auf die,
die schon das and're Ufer erreichten.

Amor zerquält mein Herz; das Schicksal verweigert
allen Trost. Darüber erzürnt mein törichtes Gemüt
und vergießt Tränen. Unter Qualen muß ich,
kämpfend, weiterleben.

Ich kann nicht hoffen, daß die frohen Tage
wiederkehren,
muß eher befürchten, daß mein Leben noch
düst'rer wird
und daß die Hälfte davon ich hinter mir habe.

Nicht diamanten, sondern gläsern ist die Hoffnung,
die mir aus der Hand fällt und
die mir mein Denken zersplittert.

Canzone 126

Ihr klaren, kühlen, trauten Fluten,
in die die schönen Glieder getaucht
die einzig mir Herrin zu sein schien,
freundlicher Zweig, an den zu lehnen
(ich denke mit Seufzen daran)
es ihr gefiel, als wär es eine Säule,
ihr Gräser und ihr Blumen, die das
leichte Kleid
zierlich sich bauschend
bedeckte, heilig-heitre Luft,
wo Gott Amor mir durch ihre schönen Augen
das Herz geöffnet hat: leiht alle
meinen letzten Klageworten euer Ohr!

Sollt' es mein Schicksal sein
(und der Himmel es so fügen),
daß Amor diese Augen mit Tränen schließt,
so werde dem hinfälligen Leib
die Gnade, bei Euch zu ruhn, zuteil:
nackt möge meine Seele in ihre Heimat
eingehen. Es nähme dem Tod sein Grauen,
wenn ich diese Hoffnung hegen dürfte.
In keinen stilleren Hafen
kann mein lebensmüder Geist
den Schritt ins Ungewisse tun,
er kann kein friedlicheres Grab

sich wünschen, um den zermürbten Gebeinen
zu entgehen.
Vielleicht kommt einmal auch die Zeit,
wo die verschmähend-huldvoll Schöne
zu der vertrauten Stätte eilt
und frohen Blicks und voller Sehnsucht
mich dort sucht, wo sie an jenem
gebenedeiten Tage mich hat angeschaut,
und voller Erbarmen
wird sie dann dessen gewahr,
wie unter den Steinen ich zu Erde ward.
Dann wird die Liebe inniglich sie
Gnade vom Himmel erflehen lassen
und sie erwirken, die Augen
mit ihrem schönen Schleier trocknend.

Von den schönen Zweigen schwebte
(welch süße Erinnerung!)
ein Blumenregen hinab
in ihren Schoß. In aller Glorie
saß sie demütig da,
von einer liebenden Wolke umhüllt.
Ein Blütenblatt fiel auf den Saum
des Kleides, ein anderes
fiel auf ihr blondes Haar,
das glänzte auf wie Perlen,
eins flattert auf die Erde, eines in die Flut,
und eines schien unsicher irrend
zu sagen: hier herrscht Amor!

Wie viele Male sagte ich damals
erschauernd: sie ist gewiß
im Paradies geboren! So sehr
hatt' ihre göttliche Erscheinung,
ihr Antlitz, ihre Rede und das traute Lächeln
mich mit Vergessen geschlagen,
so weit war ich von ihrem wahren Dasein
entfernt, daß seufzend ich nicht wußte,
woher und wann ich hierher kam.
Ich glaubte im Himmel zu sein,
nicht dorten, wo ich war.
Seitdem gefallen mir die Gräser in dem Tal
so gut, daß anderswo kein Frieden ist für mich.

Ach wärest du, mein Lied, so kunstvoll,
wie ich möchte, so könntest kühnlich du
den Wald verlassen und unter Menschen gehen.

Sonett 132

Wenn es nicht Liebe ist, was ist's dann, das ich fühle?
Doch wenn es Liebe ist, bei Gott, was ist und wie ist das?
Ist es ein Gut, wie kann es einen so tödlich treffen?
Ist es ein Übel, warum sind dann die Qualen so süß?

Wenn ich freiwillig glühe, warum beklage ich
mich dann?
Geschieht es wider Willen, was nützt dann das Klagen?
O lebendiger Tod, o Unheil voller Segen,
was verfügst du über mich, meinem Willen entgegen?

Wenn ich es aber will, beschwere ich zu Unrecht mich.
Bei widrigen Winden treibe ich auf hoher See
in einer morschen Barke, steuerlos,

so leicht an Wissen und so irrtumbeladen,
daß ich nicht weiß, was ich mir wünschen soll:
ich fröstele im Sommer und glühe im Winter!

Sonett 133

Zur Zielscheibe von Pfeilen machte Amor mich,
wie vor der Sonne Schnee, wie vor dem Feuer Wachs
und wie der Nebel vor dem Wind; vom vielen Rufen,
Herrin, bin ich schon heiser, doch kümmert Euch
das nicht.

Von euren Augen kam der Todesstreich,
vor dem nicht Zeit, nicht Ort mich schützen,
von Euch allein, der es ein Spiel nur dünkte,
kamen der Wind, die Sonne und das Feuer,

die mich so werden ließen, wie ich bin. Pfeile
sind die Gedanken, eine Sonne ist das Antlitz, Feuer
ist das Verlangen, und mit diesen Waffen

trifft, blendet und vernichtet Amor mich.
Der Engelsgesang,
die Worte mit dem süßen Klang, das ist das Wehen,
dem ich erliege und in dem mein Leben mir entflieht.

Sonett 134

Ich finde keinen Frieden und führe doch nicht Krieg,
ich fürchte und hoffe, ich brenne und friere zu Eis,
flieg' in den Himmel hinauf und liege auf dem Boden,
bekomme nichts zu fassen und umfasse die ganze Welt.

Etwas läßt mich nicht los und hält mich doch nicht fest,
es hält mich nicht zurück und löst doch nicht die Fesseln,
die Liebe tötet mich nicht und gibt mich doch nicht frei,
sie will nicht, daß ich lebe, doch leb' ich ausweglos.

Ich sehe ohne Augen, schreie ohne Zunge,
drohe unterzugehen und rufe um Hilfe,
ich hasse mich selbst und liebe die anderen.

Ich labe mich am Schmerz und lache weinend:
Leben und Tod sind beide mir gleich zuwider.
Dies, Herrin, ist der Zustand, in den Ihr mich versetzt.

Sonett 140

Amor, der in meinen Gedanken lebt und herrscht
und seinen eig'nen Sitz im Herzen hat,
tritt mir bisweilen vor die Stirn
und pflanzt dort seine Standarte auf.

Die mich das Lieben und Leiden lehrte
und möchte, daß mein Sehnen und meine brennende
Hoffnung
von der Vernunft, von Scham und Ehrfurcht
gezügelt werde,
beklagt sich insgeheim über mein Glühen.

Da flüchtet Amor sich verängstigt wieder in mein Herz,
verwischt die Spuren, weint und zittert:
er versteckt sich dort und traut sich nicht hervor.

Was kann ich anderes tun, ich, der ich seine Angst teile,
als an ihm festzuhalten bis ans Ende?
Wer liebend stirbt, stirbt einen schönen Tod.

Sonett 141

Wie wenn an warmen Tagen manchmal ein
unbedachter Falter
ins Licht zu fliegen pflegt, so kann,
wenn es hell leuchtet, er auch ins Menschenauge
geraten: dort kommt er um, uns schmerzt es nur.

Nicht anders flieg' ich nach der Schicksalssonne
der Augen hin, die so hold strahlen, weil Amor
von der Vernunft sich nicht mehr halten läßt
und Leidenschaft das Urteil trübt.

Ich weiß sehr wohl, daß diese Augen auf mich
herabschauen,
ich weiß, daß das wahrhaftig meinen Tod bedeutet
und meine Tugend gegen das Leiden nichts vermag,

doch Amor blendet mich so sanft und süß,
daß ich nur ihren Unwillen, nicht meinen Schmerz
beklage.
Blindlings stimmt meine Seele dem Tode zu.

Sonett 145

Versetze mich dorthin, wo die Sonne Gras und Blumen
versengt, dorthin, wo Schnee und Eis stets überwiegen,
dorthin, wo der Sonnenwagen spät aufsteigt,
oder dorthin, wo er spät dem Horizont zueilt,

versetze mich in Armut oder Reichtum,
ins heit're Licht oder in düst're Finsternis,
versetz' mich in die ew'ge Nacht oder in Länder,
wo die Sonne nicht untergeht,

versetz mich in den Himmel, auf die Erde oder
in einen Abgrund, auf die Höhen der Berge oder
  in tiefe Sümpfe,
laß mich frei sein oder an meine Sinne gefesselt,

laß unbekannt mich sein oder hoch angesehen:
ich bleibe, der ich war, lebe, wie ich gelebt,
und seufze weiter, wie seit fünfzehn Jahren.

Nach Horaz, Oden I, 22

Sonett 150

»Was tust du, Seele? Was meinst du? Bekommen wir je Frieden,
je einen Waffenstillstand, oder immer Krieg?«
»Was aus uns wird, das weiß ich nicht, doch soweit ich's
den schönen Augen entnehmen kann, mißfällt ihr unser Leiden.«

»Was nützt das, wenn sie mit diesen Augen
im Sommer Kälte, im Winter Hitze verbreitet?«
»Nicht sie – nur der, der über sie gebietet!«
»Das bleibt sich gleich, da sie es weiß und schweigt.«

»Manchmal schweigt nur die Zunge und das Herz klagt laut,
während die Miene scheinbar froh und trocken bleibt:
sie weint nicht dort wo man hinschaut.«

»All das gibt meinem Herzen keine Ruh'. Der Schmerz,
den es erleidet und der sich in ihm staut, hält an.
Denn große Hoffnungen hegt keiner, der unglücklich ist.«

Sonett 164

Nun, da der Himmel und die Erde und die Winde
schweigen,
die Vögel und das Wild im Schlafe reglos ruhn,
die Nacht den Sternenwagen kreisen läßt
und wellenlos das Meer in seinem Bette schläft,

wache und sinne, glühe und weine ich:
zu meiner süßen Strafe steht vor mir, die mich zugrunde
richtet,
Krieg ist mein Zustand, voller Zorn und voller
Schmerzen,
nur wenn ich an sie denke, hab' ich kurzen Frieden.

Ein und derselben Quelle entströmen Bitternis und Süße,
sie stillt meinen Durst, es ist dieselbe Hand,
die mich verwundet und die heilt.

Kein Ufer winkt meinem Martyrium,
ich sterbe täglich tausendfach und werde
neugeboren: so weit bin ich von meinem Heil entfernt.

Sonett 169

Ein vager Gedanke lenkt mich ab von allen anderen
und macht mich zum Einzelgänger in der Welt.
Was mir das Los beschieden hat, vergeß ich immer
wieder und suche die, vor der ich fliehen sollte.

Ich sehe sie vorübergehen so süß und feindselig,
daß meine Seele erbebt und von mir fliegen möchte,
solch eine Schar von Seufzern in Waffen
führt die Schöne, Amors und meine Feindin, an.

Wohl kommt ein Mitleidsstrahl, wenn ich nicht irre,
aus ihrer umwölkten, stolzen Miene, das tröstet
mein schmerzendes Herz ein wenig.

Dann fasse ich Mut und möchte ihr mein Leiden
offenbaren; doch es ist soviel, was ich zu sagen
habe, daß ich den Anfang nicht zu machen wage.

Sonett 170

Schon öfters hat ein Schimmer von Mitleid
mich angespornt, von meinem ständigen Kummer
in höflichen und scheuen Worten, bescheiden
und offen mit meiner Widersacherin zu reden;

doch dann vereitelte ihr Auge meine Absicht,
denn all mein Glück, mein Schicksal, Wohl und Wehe,
mein Tun und Lassen, Leben und Tod
hat Amor in ihre Hand gelegt.

Daher vermochte ich niemals in Worte zu fassen,
was außer mir noch jemand hört, dermaßen
stumm und zitternd hat Amor mich gemacht.

Nun weiß ich, daß brennende Liebe einem
die Zunge lähmt und den Geist schwächt.
Wer sagen kann, wie sehr er brennt, brennt wenig.

Sonett 176

Durch unwirtliche und wüste Wälder,
die selbst Menschen mit Waffen meiden,
streife ich ungescheut: nichts als die Sonne,
die sich Amors Strahlen leiht, kann mich erschrecken.

Und ich besinge (wider alle Vernunft) die,
die der Himmel nicht von mir trennen kann,
die mir vor Augen steht inmitten von Frauen
und Mädchen – doch es sind Tannen und Buchen!

Mir scheint, ich höre sie, wenn ich die Blätter
im Winde rascheln höre, die Vögel singen
und Bäche hinmurmeln durch das grüne Gras.

Selten hat ein Schweigen, ein einsames Erschauern
des Waldesschattens, mir so wohlgetan, nur leider
dringen hier die Strahlen meiner Sonne kaum noch
durch.

Sonett 189

Beladen mit Vergessen treibt mein Schiff
durchs rauhe Meer, zu Mitternacht im Winter,
zwischen Scylla und Charybdis, und am Steuer
sitzt mein Herr, vielmehr: mein Feind Amor;

bei jedem Ruderschlag zuckt unheilvolles Denken
auf, dem Sturm und Tod höhnisch antworten,
ein immer nasser Wind zerreißt die Segel
mit Seufzern, Hoffen und Sehnen.

Es regnet Tränen, Nebel der Verachtung
nässen und lockern die erschlafften Taue,
um die sich Irrtum und Nichtwissen winden.

Verborgen sind die beiden süßen, vertrauten Zeichen,
Vernunft und Kunst sind in der Flut versunken,
so daß ich fürchten muß, den Hafen nicht zu finden.

Sonett 192

Halt inne, Amor, unsere Glorie zu schauen,
Übernatürliches, Hochherziges und Neues:
sieh, welcher süße Reiz von ihr ausgeht,
sieh dieses Himmelslicht auf Erden!

Sieh, welche Kunst mit Gold die Auserwählte
und Perlen ziert wie keine andere hienieden,
wie anmutig sie blickt und schreitet
durch die Hügelschatten dieser Schlucht.

Das grüne Gras und die buntfarbigen Blumen
unter der alten, düsteren Eiche bitten,
sie möge sie mit Füßen treten und berühren.

Der Himmel läßt für sie ringsum
die Funken hell aufflimmern, denn er freut sich
darüber, daß ihre schönen Augen ihn erheitern.

Sonett 205

Süßer Zorn, süße Verachtung, süßer Frieden,
süßes Übel, süßes Leid und süße Last,
süßes Reden, das süß vernommen wurde,
teils hingehaucht, teils voller Flammen,

beklage dich nicht, Seele, dulde und schweig,
und mindere die süße Bitternis, die sie dir zufügt,
mit der süßen Ehre, die du ihr zugedacht, der liebevoll
ich sagte: Nur Du allein gefällst mir!

Vielleicht wird eines Tages jemand seufzend,
von süßem Neid erfüllt, erklären: Dieser hat
zu seiner Zeit genug an schöner Liebe gelitten!

Jemand. – O meiner Augen feindseliges Geschick,
warum erlebe ich das nicht? Warum kam sie nicht
später auf die Welt, oder ich rechtzeitig?

Sonett 209

Die vertrauten Hügel, wo ich mich selbst verlor,
als ich fortging und die ich doch nie verlassen kann,
stehen mir vor Augen, und die süße Last, die Amor
mir auferlegt, ruht stets auf meinen Schultern.

Oft wundre ich mich über mich selber darüber,
daß ich stets gehe und mich nicht fortbewege,
oftmals versuche ich das Joch vergeblich abzuwerfen:
je mehr ich mich entferne, desto näher bin ich ihr.

Und wie ein Hirsch, den Pfeile mit giftiger Spitze
in die Flanke trafen, die Flucht ergreift
(die Schmerzen steigern sich, je schneller er flieht),

bin ich, den Pfeil, der mich versehrt und doch entzückt,
der mich mit Schmerzen zugrunde richtet
und auf der Flucht ermüdet, in meinem Herzen spürend.

Sonett 218

Zu so vielen schönen und anmutigen Frauen trat
sie hinzu, die in der Welt nicht ihresgleichen hat;
sie macht mit ihrem strahlenden Antlitz, was der Tag
mit all den vielen, kleinen Sternen macht.

Amor flüstert', so schien es, mir ins Ohr
und sagte: »Solange sie auf Erden weilt,
ist das Leben schön. Danach wird's trübe;
die Tugenden vergehen, mit ihnen meine Herrschaft.«

Wie wenn die Natur dem Himmel Mond und Sonne,
der Luft die Winde, der Erde Gräser und Blätter,
den Menschen die Rede und den Verstand,

dem Meer die Wellen und die Fische nähme,
so und noch mehr würden die Dinge sich verdüstern,
wenn der Tod das Licht ihrer Augen verlöschen ließe.

Sonett 223

Wenn in das Meer der goldne Sonnenwagen taucht,
es dunkelt und mein Geist sich wie der Himmel
verdüstert, dann harre ich mit Mond und Sternen
ängstlich der harten Nacht.

Dann, ach, der die nicht hinhört, sage ich,
was mich bedrückt, eins nach dem anderen;
ich hadre mit der Welt und mit dem blinden Schicksal,
mit Amor, meiner Herrin und mir selbst.

Ich kann nicht schlafen, finde keine Ruhe,
nur Seufzer und Klagen bis zum Morgengrauen,
und Tränen, die die Seele meinen Augen sendet.

Dann wird es Tag, das Dunkel weicht der Helle,
nur von mir weicht es nicht. Einzig *die* Sonne,
die mich verbrennt und hinhält, kann meine Schmerzen
lindern.

Sonett 229

Ich sang, jetzt weine ich; doch dieses Weinen
ist nicht minder süß, als der Gesang es war,
denn auf den Grund, nicht auf die Wirkung
sind meine hochgespannten Sinne aus.

Daher ertrage ich mit Gleichmut Milde und Härte,
ein rauhes oder sanftes, höfliches Gebaren:
für mich sind diese Lasten nicht zu schwer,
selbst der Verschmähung hält meine Rüstung stand.

Mag also Amor und mag meine Herrin, mag Fortuna
und die Welt sich immer so verhalten,
ich denke, ich kann nicht anders als glücklich sein.

Ob siech, ob lebend oder sterbend, einen schönern
Zustand als den meinen gibt es nicht auf Erden:
So süß ist doch die Wurzel meiner Bitternis.

Sonett 249

Wie bang wird mir, wenn ich mich an den Tag erinnere,
da meine Herrin mich ernst und nachdenklich verließ:
mein Herz war bei ihr. An nichts denke ich
so oft und so inständig zurück.

Bescheiden sehe ich sie im Kreise schöner Frauen
stehen, wie eine Rose in der Mitte geringerer Blumen,
nicht fröhlich und nicht traurig, wie jemand,
der etwas fürchtet, doch nicht leidet.

Sie hatte die gewohnte Leutseligkeit, die Perlen,
Kränze, bunten Gewänder, das Lachen und den Gesang,
der Menschen Rede abgelegt, und so

verließ mein Leben ich im Zweifel. Jetzt
überfallen düstere Sorgen, Träume, schwarze Gedanken
mich, ach gebe Gott, daß ohne Grund sie sind!

Lauras Tod

Nicht wie eine Flamme, die gewaltsam zum Erlöschen
gebracht wird, sondern wie eine, die sich selbst
verbraucht,
ging die zufried'ne Seele in Frieden von dannen,
einem milden, hellen Lichte gleich, dem die Nahrung
ausgeht.
So blieb sie bis zum Ende sich selbst treu.
Nicht bleich, nein, weißer als der Schnee,
der in der Stille auf einen schönen Hügel herabflockt,
schien sie sich niederzulegen wie jemand, der müde ist,
als überkäme süßer Schlummer ihre schönen Augen
und als wäre ihr Geist schon fern von ihr:
so war das, was die Toren sterben nennen.
Der Tod schien schön auf ihrem schönen Antlitz.

Aus den ›Trionfi‹

Sonett 267

Weh dem schönen Gesicht und weh den sanften Blicken,
weh dem anmutig-hoheitsvollen Gang
und weh der Rede, die die wildesten und rauhesten
Gesellen zähmte und Feige tapfer machte!

Weh auch dem süßen Lächeln, aus dem die Pfeile kamen,
die mir den Tod gebracht und alle Hoffnung nehmen.
Seele von Adel, eines Throns wohl würdig, wäre sie
dafür nicht viel zu spät zu uns gelangt!

Für Euch nur will ich brennen, für Euch atmen,
denn Euer war ich, und Ihr wurdet mir genommen:
kein anderes Unglück schmerzt mich so wie dies.

In meinem Leben war höchste Lust die Hoffnung
und das Sehnen, mit dem Ihr mich erfüllt:
aber die Worte trug der Wind davon.

Canzone 268

Was soll ich tun? Was rätst du mir, Amor?
Jetzt ist es Zeit zu sterben; ich habe damit
länger gezögert, als ich wollte. Meine Herrin
ist tot, mein Herz, das ist bei ihr;
wenn ich ihr folgen will, muß ich
den öden Lauf der Jahre unterbrechen.
Sie auf Erden noch einmal erblicken
zu wollen, ist eitel, auf sie im Jenseits
zu hoffen, schmerzt mich, denn meine Freuden
sind durch ihren Verlust zu Klagen geworden,
und alle Süße des Lebens ist dahin.

Amor, du weißt warum ich mit dir trauere,
wie ernst und schwer mein Kummer ist,
und ich weiß, daß auch dich mein Leid bekümmert,
vielmehr: das von uns beiden, denn auf die selbe
Klippe lief unser Schiff. Welche Worte, ach,
vermöchten meine Trauer auszudrücken?
O undankbares Erdenrund, du hättest
guten Grund mit mir zu klagen:
verloren ging das Schönste, was es gab.

Dein Ruhm verging und du nahmst es nicht wahr,
du warst nicht würdig, sie, als sie noch lebte,
zu erkennen und von ihren heiligen Schritten
betreten zu werden, solch große Schönheit
mußte den Himmel mit ihrer Gegenwart beglücken.

Doch ich, ach, liebe weder das Leben
noch mich selbst ohne sie;
weinend ruf' ich nach ihr,
das einzig gibt mir noch Hoffnung,
das einzig noch Halt auf Erden.
Ihr schönes Antlitz ist zu Staub geworden,
das Antlitz, das unter uns Menschen
vom Himmel und dem Gut dort oben zeugte;
im Paradies ist ihre durchsichtige Gestalt;
der Schleier, der die Blüte ihrer Jahre verhüllte,
ist gefallen, er soll sie wieder kleiden
in Ewigkeit: dann wird sie so hehr und schön
erscheinen, daß wir erkennen, wie sehr die ewige
Schönheit die vergängliche übertrifft.

Viel schöner und viel reizender als je
erblicke ich sie dort vor meinen Augen,
das ist die eine Säule, auf die ich mich
im Leben noch stützen kann, die andere
ist ihr helleuchtender Name, der mir
so süß im Herz erklingt. Doch wenn ich
daran denke, daß meine Hoffnung tot ist,
die lebte, solange sie in Blüte stand,
dann weiß Amor, was aus mir wurde,
und es weiß hoffentlich auch die,
die nun der Wahrheit nahe ist.

Ihr Frauen, die ihr ihre Schönheit kanntet,
sowie das engelsgleiche Leben,
das sie als Himmlische auf Erden

führte, leidet nicht mit ihr, die ihren Frieden fand,
sondern mit mir, der weiter Krieg führen
muß und dem der Weg, ihr nachzufolgen,
noch lange versperrt bleiben muß.
Was Amor mir sagt, das einzig hält mich
davon ab, den Faden durchzuschneiden.
Er spricht:
»Halt deinen Schmerz, so sehr er weh tut,
in Zaum, denn wer seinem Willen
keinen Zügel anlegt, bringt um den Himmel sich,
nach dem dein Herz sich sehnt und wo sich die
befindet, die den Menschen gestorben zu sein scheint,
die über ihre sterbliche Hülle, so schön sie war,
insgeheim lächelt und sich nur noch nach dir
sehnt. Sie möchte, daß ihr Ruhm, den deine Worte
überall verbreiten, nicht erlischt, vielmehr:
hell soll ihr Namen erklingen, sofern dir
ihre Augen je hold und teuer waren.«

Meide die Heiterkeit, meide das Grün,
meide Lachen und Lieder, meine Kanzone,
nein: mein Klagegesang! Es schickt sich nicht
für dich, sich Frohgemuten zuzugesellen,
du bist verwitwet, untröstlich und schwarz gekleidet.

Sonett 272

Das Leben verstreicht, es hält nicht eine Stunde inne;
mit großen Schritten eilt der Tod ihm nach;
was heute ist und gestern war, bedrückt mich
nicht weniger als das, was künftig wird.

Hienieden lastet Erinnerung, dort drüben
Erwartung auf mir, so daß, wenn ich nicht
Mitleid mit mir hätte, ich sicher schon
von mir geschieden wäre.

Rückblickend frage ich mich, ob je mein müdes Herz
Fröhlichkeit gekannt hat; meiner Weiterfahrt
stehen widrige Winde entgegen.

Ich hoffe auf Glück im Hafen, doch
der Steuermann ist müde, Maste und Wanten
sind geborsten und die Lichter, die ich sah, sind aus.

Sonett 273

Was tust du? Was denkst du? Wozu schaust du zurück
auf Zeiten, die niemals wiederkehren werden,
untröstliche Seele? Immer noch trägst du
Holz in das Feuer, das dich verbrennt!

Die sanften Worte und die süßen Blicke,
die du nach und nach beschrieben und geschildert hast,
sind nicht mehr auf Erden; sie hier weiter zu suchen
ist sinnlos, das weißt du, es ist zu spät.

Nein, schüre nicht weiter, was dich versehrt,
folge den irrenden Truggedanken nicht,
vertraue darauf, daß alles zum guten Ende geschieht.

Wenden wir uns dem Himmel zu, wenn uns hier nichts
mehr
gefällt; ihre Schönheit wäre zu Unrecht uns erschienen,
wenn lebend oder tot sie uns den Frieden raubte.

Sonett 278

Im schönsten, blühendsten Alter, wo Amor
in uns am stärksten ist, ist meine Laura
von mir gegangen; sie ließ die sterbliche Hülle
auf Erden zurück.

Um ewig zu leben, ist sie, nackt und schön,
zum Himmel aufgestiegen; von dort regiert sie
und entkräftet sie mich. Ach, warum hat mein Leben
kein Ende gefunden, als ihr neues begann?

Wie meine Gedanken hinter ihr her eilen,
so leicht, geschwind und fröhlich folgt' ihr
meine Seele, da wär' die Last ich los.

Ein jeder Aufschub ist für mich von Übel,
macht schwerer meine Erdenschwere noch.
Wie schön wär' es gewesen zu sterben, als sie starb!

Sonett 279

Wenn ich die Vögel klagen höre, sehe, wie die
grünen Blätter sich in der Sommerbrise sanft bewegen,
oder das heisere Murmeln lichter Gewässer vernehme
an einem frischen, blühenden Gestade,

dann sitz' ich da, denk an die Liebe und schreibe ihr,
die uns der Himmel zeigt, die Erde jedoch verbirgt.
Ich sehe und höre sie und meine, sie lebte noch
und antwortete von ferne meinem Liebesflehen.

»Warum nur grämst du dich vor der Zeit?«
spricht sie huldvoll zu mir: »Für wen vergießen
deine trauernden Augen Schmerzenstränen?

Um mich mußt du nicht weinen! Der Tod
hat mir das ewige Leben gebracht, ein inneres Licht
hat mir die Augen geöffnet, die ich zu schließen meinte.«

Sonett 282

Glückselige, die du oft zu mir kommst,
meine kummervollen Nächte zu trösten
mit deinen Augen, die der Tod nicht ausgelöscht,
sondern über die Maßen zierlich gemacht hat,

wie dankbar bin ich, daß du bereit bist,
meine Trauertage aufzuheitern!
Schon fang' ich an, die mir vertraute Schönheit
am alten Orte wiederzusehen.

Wo ich dich viele Jahre besungen habe,
weine ich jetzt, wie du siehst, um dich,
nein, nicht um dich, über mein Unglück!

Nur einen Trost finde ich in meinem Kummer:
daß, wenn du kommst, ich deine Stimme höre,
den Gang, die Kleider und dein Antlitz ich erkenne.

Sonett 285

Nie gab eine mitfühlende Mutter ihrem lieben Sohn,
nie eine liebende Gattin ihrem teueren Gatten
mit soviel Seufzern, soviel Umsicht
solch guten Rat für alle Zweifelsfälle,

wie jene, die von ihrem hohen, ewigen Standort
auf meine leidige Verbannung herniederschaut,
sich oftmals mit gewohnter Herzlichkeit mir
zuwendet und mitleidsvoll ihr Antlitz färbt.

Einmal als Mutter, als Geliebte ein andermal:
da brenne oder bange ich mit ehrbarer Flamme,
sie aber sagt mir, was ich hienieden tun und lassen soll;

sie spricht von aller Unbill unseres Lebens
und bittet mich, den Aufstieg zu ihr nicht lange
hinauszuzögern. Ihr Zuspruch gibt mir Frieden
und Ruhe.

Sonett 288

Ich habe die ganze Luft mit Seufzern angefüllt;
vom hohen Hügel aus betrachte ich das traute Land,
wo sie geboren wurde, die, ob blühend oder Früchte
tragend,
mein Herz in ihren Händen hielt,

und die so plötzlich nun zum Himmel aufgestiegen ist,
daß meine Augen ermüden, von ferne nach ihr
auszuschauen, die sie vergeblich suchen,
und alles, was nah ist, mit Tränen benetzen.

Es gibt kein Holz und keinen Fels in diesen Bergen,
kein grünes Blatt und keinen Zweig in diesem Tal,
kein Gras und keine Blume,

nicht einen Tropfen Wasser in dem Fluß
und keine wilden Tiere in den Wäldern,
die nicht wüßten, wie herb meine Schmerzen sind.

Sonett 290

So ist der Lauf der Welt! Jetzt freut mich und gefällt
mir, was früher mir mißfiel; jetzt sehe ich und spüre,
daß ich zu meinem Heil mir Qualen schuf
und kurzen Krieg um eines ewigen Friedens willen.

O Hoffnung, o immer trügerische Gier,
von allen, die lieben, hundertfach erfahren,
um wieviel schlimmer wär' es mir ergangen,
hätte die mich erhört, die jetzt begraben und
im Himmel ist.

Doch meine blinde Liebe und mein tauber Sinn
plagten mich so, daß ich im Leben mit Gewalt
erreichen wollte, was mir den Tod bedeutete.

Gepriesen sei *sie*, die meinen Lauf zu bessern Ufern
jetzt lenkt und die mein glühend unkeusches Verlangen
schmeichelnd bremste, damit ich nicht verdürbe.

Sonett 292

Die Augen, von denen ich so warm gesprochen,
die Arme, Hände, Füße, das Gesicht,
die mich mir selbst entzweit
und mich zu einem Fremdling unter Menschen machten,

das lockige Haar aus reinem, leuchtendem Gold,
das Aufblitzen des Engellächelns,
das die Erde in ein Paradies verwandelt,
all das ist zu Staub geworden, der nichts spürt.

Ich aber lebe noch. Das schmerzt mich und bedrückt.
Mich hat das Licht verlassen, das ich so sehr liebte
im großen Glück, in meiner ranken Barke.

Drum ende hier mein Liebeslied:
die Quelle meiner Dichtung ist versiegt,
und meine Leier dient nur noch der Klage.

Sonett 298

Wenn ich zurück mich wende, die Jahre zu betrachten,
die meinen flüchtigen Gedanken folgten,
wie das Feuer erlosch, in dem ich frierend brannte,
und wie die Ruhe voller Qual ein Ende nahm,

wie selbst mein Glaube an die trügerische Liebe zerstob
und in zwei Teile all mein Gut zerfiel, von denen
der eine im Himmel weilt, der andere auf Erden,
so daß, was ich mit Mühe erwarb, alles verlorenging,

dann schrecke ich auf und finde mich so nackt,
daß ich die Ärmsten der Armen beneide,
solches Herzweh und solche Angst hat mich ergriffen.

O du mein Stern, mein Glück, mein Schicksal
und mein Tod, du immer mir süßer und
schrecklicher Tag,
in welch bedrückten Zustand hast du mich versetzt!

Sonett 302

Ich ließ meine Gedanken dorthin schweifen, wo sie war,
die ich auf Erden suchte und nicht finden konnte:
dort oben, im dritten Himmelskreise sah ich sie,
schöner und gnadenreicher als hienieden;

sie nahm mich an der Hand und sprach:
»In dieser Sphäre
des Himmels wirst du bei mir sein, wenn ich nicht irre:
ich bin diejenige, die dich so hart bekämpft hat
und ihren Tag abbrechen mußte vor dem Abend.

Menschlicher Geist kann meine Seligkeit nicht fassen,
ich warte nur auf dich und auf den schönen Schleier,
der unten blieb und den du so sehr geliebt.«

Ach, warum schwieg sie dann? Und reichte mir
die Hand?
Wo nach so liebenden und keuschen Worten
ich mich schon fast im Himmel bei ihr wähnte!

Sonett 303

Amor, der du in guten Tagen zu mir standest
an diesen Ufern, die meiner Sehnsucht Freunde
waren, und der du mit dem Fluß mir zusprachst,
auf die Erfüllung meiner Wünsche zu hoffen,

ihr Blumen, Blätter, Gräser, Schatten, Grotten,
Wellen und lauen Lüfte, ihr Schluchten, hohen Berge
und besonnten Strände, Zufluchtsstätten meiner
Liebespein,
vielfacher und schwerer Liebesqual,

ihr zierlichen Bewohnerinnen dieser grünen Wälder,
Nymphen, und ihr, Najaden, die flüssiger Kristall
auf kühlem grasigem Grunde beherbergt und ernährt,

wie waren meine Tage heiter! Nun sind sie
düster wie der Tod. So folgt in dieser Welt
ein jeder von Geburt an seinem Schicksal.

Sonett 304

Während mein Herz, von Liebe versehrt und wund,
in Flammen loderte, verfolgte ich die Spuren
eines wilden Tiers in einsamen
und abgelegenen Bergen;

und ich vermaß mich, Verse schmiedend, über Amor
zu klagen und über die, die so abweisend schien.
Doch mein Geist war schwach und meine Reime waren
kühner und ungewöhnlicher Gedanken nicht fähig.

Das Feuer ist erloschen, es ist in Marmor eingeschlossen.
Wär' es zu spät'rer Zeit wieder entflammt,
wie' s andern ging, bis in mein Alter,

dann hätte ich mit Reimen mich gerüstet, die mir jetzt
fehlen, in altersweisem Stile hätte ich mit meiner Rede
Steine erweicht und sie zu süßen Tränen gerührt.

Sonett 305

O schöne Seele, die du von einem Leib gelöst
bist, den die Natur als allerschönsten schuf,
richte vom Himmel deinen Blick auf den,
der von der Freude zur Trauer überging!

Ich habe als falsch erkannt, wie eine Zeitlang
der Anblick deiner holden Züge mein Herz verhärtet
und verbittert hat; davon befreit, flehe ich dich an,
wend' dich mir zu und höre meine Klage!

Sieh diesen großen Fels, dem unser Fluß entspringt,
dort siehst du jemanden, der deiner an den Fluten
und im Gras gedenkt und sich an Schmerzen labt.

Die Stadt, aus der du stammst und wo die Liebe
entbrannte,
die uns verbindet, solltest du meiden,
um unter den Deinen nicht zu sehen, was dir mißfällt.

Sonett 310

Der Zephir kommt und bringt das schöne Wetter
wieder,
die Blumen und Gräser, seine lieben Verwandten,
die Schwalbe zwitschert, und es schluchzt
die Nachtigall,
und weiß und rot erblüht der Frühling.

Die Wiesen lachen, heiter wird der Himmel,
Zeus freut sich, seiner Tochter zuzuschauen;
die Luft, das Wasser und die Erde füllen sich
mit Liebe, und alle Tiere wenden sich ihr zu.

Mir aber, weh mir, erneuern sich die Qualen,
die aus dem tiefen Grund des Herzens jene lockt,
die in den Himmel mit sich nahm den Schlüssel.

Die Vögel singen und die Auen blühen,
schöne Frauen kommen huldvoll daher, doch das
ist Wüste, es sind wilde Raubtiere aus dem Wald.

Sonett 311

Die Nachtigall, die so unendlich süß
vielleicht um ihre Kinder und den lieben Gatten klagt,
erfüllt den Himmel und die Erde
mit herzergreifendem Gesang.

Die ganze Nacht hindurch begleitet sie mich
und mahnt mich an mein hartes Los: einen anderen
als mich kann ich jedoch nicht schmähen,
weil ich geglaubt hab', Göttinnen stürben nicht.

Oh, wie leicht ist's, den zu täuschen, der sich
sicher wähnt! Wer hätte gedacht, daß in der
  finst'ren Erde
versinken würden diese Augen, die heller als
  die Sonne waren!

Jetzt erst erkenne ich, daß mein traurigen Geschick
mich lehrt, man müsse im Leben unter Tränen erfahren,
daß nichts auf Erden dauert und Freude macht.

Sonett 315

Mein blühendes Leben, meine grünen Jahre schienen
vergangen zu sein, ich fühlte schon das Feuer erkalten,
das mir im Herzen brannte, der Tag schien nahe,
wo das Leben, das dem Tode geweiht ist, endet.

Schon fing meine teure Feindin an sich zu beruhigen
über mein Liebesverlangen; sie glaubte
in Ehren über meinen Kummer
lächeln zu können.

Die Zeit, wo Keuschheit und Liebe sich paaren,
schien nahe, die Zeit, wo Liebende sich nebeneinander
setzen können, um sich etwas zu erzählen.

Doch der Tod war neidisch auf mein Glück
oder die Hoffnung darauf. Er trat auf halbem Wege mir
entgegen als ein Feind in Waffen.

Sonett 317

Einen ruhigen Hafen hatte Amor mir
nach langer Sturmfahrt gewiesen,
zu der Zeit, wo unser Alter uns von Lastern
befreit und tugendhaft kleidet.

Schon blickte sie mit ihren schönen Augen mir
ins Herz und meine treue Liebe war ihr nicht mehr
lästig. Ach, grimmer Tod, wie schnell kommst du herbei,
die Frucht von Jahren in Stunden zu brechen!

Hätten wir länger gelebt, so hätte ich
in ihren keuschen Ohren die alte Last
der süßen Sünden abgeladen,

und sie hätte vermutlich seufzend geantwortet
mit einem frommen Wort; anders gefärbt wären
unsere Gesichter und unser beider Haare erschienen.

Sonett 319

Meine Tage fliehen dahin wie Schatten und schneller
als der Hirsch; ich habe nichts Besseres als einen
Wimpernschlag gesehen und wenige heitere Tage
erlebt: die trage ich als süß und bitter im Herzen.

Glücklose Welt, wie schwankend und unstet!
Blind ist, wer seine Hoffnung in dich setzt.
Durch dich wurde mein Herz zerrissen, jetzt
hält sie es in Händen, die unter der Erde weilt.

Doch die im Himmel unsterblich lebt
und ewig leben wird, flößt mir mit ihrer
Schönheit neue Liebe ein,

und, schon ergraut, frage ich mich, wie sie
wohl jetzt aussieht und wo sie sich aufhält;
wie mag ihr zarter Schleier anzuschauen sein?

Sonett 320

Ich spüre die altvertraute Luft und sehe die geliebten
Hügel auftauchen, wo das schöne Licht entstand,
das mir, solange es der Himmel wollte, die Augen
mit Freude und Hoffnung füllte, die jetzt feucht
und traurig sind;

o eitle Hoffnung, törichte Gedanken!
Verwitwet ist das Gras, trübe sind die Gewässer,
leer ist und kalt die Stätte, wo sie weilte
und wo ich, tot oder lebendig, wollte bei ihr sein.

Vom sanften Grün und ihren schönen Augen,
die mir das Herz versehrten, erhofft' ich
endlich Ruh' von aller Mühsal, doch ich habe

einem grausamen und kargen Herrn gedient,
habe, solange ich die Flamme vor mir hatte, gebrannt:
jetzt netzen meine Tränen ihre verstreute Asche.

Sonett 329

O Tag, o Stunde, o letzter Augenblick, an dem
die Sterne beschlossen, mich arm zu hinterlassen!
O treuer Blick! Was wolltest du mir sagen,
als ich so unzufrieden von dir ging?

Mein Fehlen erkenne ich jetzt, und ich bereue es:
ich dachte (welch eitles, hinfälliges Denken!),
ich verlöre nur einen Teil, nicht alles, durch
die Trennung.
Der Wind trägt alle Hoffnung mit sich fort.

Das Gegenteil war schon im Himmel vorbestimmt:
das holde Licht, von dem ich lebte, sollte erlöschen,
so stand's im bittersüßen Antlitz eingeschrieben.

Ich hatte vor meinen Augen einen Schleier,
der mich nicht sehen ließ, was ich doch sah,
und der mein Leben sogleich traurig machte.

Sonett 344

Vielleicht war Liebe einmal süß: doch wann das war,
das weiß ich nicht. Jetzt ist sie bitterer
als alles andere. Wer solche Qualen litt
wie ich, weiß wohl, wie wahr das ist.

Die eine Zierde unserer Erdenwelt gewesen,
ist jetzt im Himmel, den sie erleuchtet und schmückt.
Nur selten und kurz gab sie mir, als sie lebte, Frieden:
jetzt gibt es keinen mehr für mich.

Der grause Tod hat alles mir genommen.
Ihr Heil nimmt mir mein Unheil nicht,
auch wenn sie nun im Himmel ist.

Ich weinte und sang, davon kann ich nicht lassen:
den Seelenschmerz verströmt bei Tag und Nacht
mein Auge, ihn besingt mein Lied.

Sonett 352

Glückselige, die du mit Blicken mich verzaubertest,
die heller waren als die Sonne, und die du jene
Worte und Seufzer mir eingabst, die bis heute
in meinem Geiste weiterklingen,

in lauterem Feuer brennend sah ich dich,
nicht frauen-, sondern engelsgleich
hinschreiten über Veilchen und Gräser,
mir mehr als einstmals gegenwärtig:

du bist zu deinem Schöpfer zurückgekehrt
und hinterläßt auf Erden nur den zarten Schleier,
den das höchste Los dir zubestimmt.

Als du fortgingst, schwand aus der Welt die Liebe
und die Vornehmheit, vom Himmel fiel die Sonne,
und süß fing an zu schmecken mir der Tod.

Sonett 361

Oft sagt mein treuer Spiegel, die welke Haut
und meine müde Seele, das Schwinden meiner Kräfte
und meiner Beweglichkeit zu mir: »Verstecke dich
nicht, du bist jetzt alt!

Der Natur zu gehorchen, ist von allem das beste,
sich ihr zu widersetzen kostet Zeit und Kraft.«
Dann wache ich plötzlich auf, wie Wasser, das das
Feuer löscht, nach einem langen und schweren Schlaf,

und sehe, daß das Leben kurz ist, daß man
nicht mehr als einmal leben kann, und
mitten aus dem Herzen kommt ein Wort

von ihr zu mir, die ihrer Fesseln ledig ist,
die jedoch zu ihrer Zeit so einzig dastand in der Welt,
daß alle andern, denke ich, sie in den Schatten stellte.

Sonett 364

Einundzwanzig Jahre lang hielt Amor mich in Brand;
im Feuer war ich fröhlich und im Schmerz voll
Hoffnung;
seit meine Herrin und mein Herz im Himmel sind,
hab' ich zehn Jahre nur geweint.

Jetzt bin ich müde, setze mein Leben irrend fort,
der Keim zu aller Lebenskraft ist fast verdorrt,
und meine letzten Tage will ich, hoher Gott,
dir voller Demut weihen,

voll Reue, über die vertanen Jahre trauernd,
die zu besserem Gebrauch bestimmt gewesen:
nach Frieden strebend und das Leiden meidend.

O Herr, der du in diesen Kerker mich eingeschlossen
hast, befreie mich, und rette mich vor der Verdammnis,
denn ich erkenne meine Sünden und entschuldige
sie nicht.

Sonett 365

Ich trauere über die vergangenen Jahre,
die ich, Sterbliches zu lieben, vertan,
ohne mich aufzuschwingen, wo ich doch Flügel habe,
und ohne nach Höherem gestrebt zu haben.

Meine Unwürdigkeit und meine Sünde kennst du,
unsichtbarer, unsterblicher Herr des Himmels:
komm meiner schwachen Seele, die sich verirrt, zu Hilfe
und erlöse mich, kraft deiner Gnade, vom Übel,

so daß ich, der ich im Krieg und in den Stürmen
lebte, in Frieden sterben kann und sicher im Hafen
lande. War eitel mein Aufenthalt auf Erden,

so möge das Ende gut sein! Reich mir für
meine letzten Tage und für den Tod die Hand:
darein, das weißt du, setz ich all mein Hoffen.

Anhang

Erläuterungen

Nr. 1 Soll aus dem Jahre 1356 stammen. Es dokumentiert den Plan, eine Sammlung von Liebesgedichten vorzulegen (von anderen Gedichten ist darin nicht die Rede), und kündigt schon die fromme Reue an, die am Ende der Sammlung überwiegen wird. Zugleich stellt der Dichter seine Dichtung als ein Werk seiner Jugend hin, von dem er sich bereits, voller Scham, distanziert hat: alles andere als Werbung für das Kommende, wohl aber eine Vorwegnahme des Tenors, der im *Canzoniere* überwiegen wird.

Nr. 3 Gemeint ist Karfreitag, angeblich der 6. April 1327 (obwohl Karfreitag in jenem Jahr auf den 10. April fiel): das Datum ist, wie alles andere, Stilisierung. Die Pfeil-und-Bogen-Metaphorik ist überaus traditionell, sie geht auf Ovid zurück. Laura selbst bleibt natürlich unschuldsvoll und keusch; die Liebe des dichterischen Ichs will sich damit freilich so leicht nicht abfinden, obwohl klar ist, daß es sich nur um eine ideale Liebe handeln kann, deren sinnliche Erfüllung sie selbst zerstören würde.

Nr. 11 Ist eine »ballata«, kein Sonett, daher werden die Strophen hier nicht in die beiden »Quartette« und die beiden nachfolgenden »Terzette« abgesetzt. Auch diese ältere Gedichtform besteht aus 14 Verszeilen und ist kunstvoll gereimt, aber sie weist nicht nur Elfsilber auf, sondern läßt diesen von Petrarca überwiegend gebrauchten Vers (den »endecasillabo«) mit gelegentlichen kürzeren Versen abwechseln. – Das Thema ist Lauras paradoxes Verhalten: solange sie die Liebe des Dichters nicht wahrnahm, zeigte sie sich entgegenkommend, nun, da sie diese erkannt hat und wohl weiß, daß sie nach *mehr* Entgegenkommen verlangt, zieht sie sich zurück. Ein »Widerspruchsgedicht«, wie so viele der Liebesgedichte Petrarcas!

Nr. 12 »Da Laura nichts von ihm wissen will«, liest man in einem der schulmäßigen Kommentare zum *Canzoniere,* »flüchtet der Dichter sich in die Hoffnung, wenn er und seine Geliebte einmal alt geworden seien, werde er unverhüllt aussprechen, wie sehr er sie geliebt – und dann werde sie, die jetzt nicht ansprechbar zu sein scheint, sich ihm gegenüber wenigstens voller Mitleid zeigen.« Das Gedicht führt also in die Zukunft und von ihr wieder zurück.

Nr. 13 Petrarca greift auf die Tradition zurück, in der der Ort und die Stunde der Begegnung mit der Geliebten gefeiert wird: das gebe es in der »poesía populare«, heißt es im Kommentar von Dino Provenzal der Taschenbuchausgabe bei Rizzoli, 1954, aber auch bei Dante. Ausnahmsweise überwiegt die Freude, obwohl es sich um ein »Ja« zur sublimierten, nicht zur sinnlichen Liebe handelt.

Nr. 15 Der Dichter beklagt die Distanz, die ihn von seiner Geliebten trennt, betont aber die Außerordentlichkeit seiner Liebe.

Nr. 16 Eines der bekanntesten Gedichte Petrarcas: sehr sprechend ist die Müdigkeit des alten, ergrauten Pilgers, mit dem der Liebende sich vergleicht: daß dieser den Papst, der Dichter aber seine Geliebte sehen will, scheint Petrarca nicht sakrilegisch vorgekommen zu sein.

Nr. 32 Das Liebesleid erscheint dem Dichter so drückend, daß der Tod ihm eine Erlösung bedeutet; im Tod erst wird er Frieden finden. Ein »frommes« Sonett.

Nr. 35 Dieses Gedicht ist berühmt geworden durch die Evozierung der Landschaft, die der Liebende einsam und menschenflüchtig durchstreift, die ihm aber erst recht keinen Schutz vor »Amor« bietet, denn sie partizipiert gleichsam an dem Liebesleid des Wanderers. Daß die Liebe unentrinnbar ist, gehört ebenso zu ihren Paradoxien, wie daß der Liebende das weiß und dennoch vor ihr flieht.

Nr. 36 Greift das Thema von Sonett 32 auf: auch die Versuchung zum Selbstmord gehört zum Motivarsenal der Minnedichtung. Als Christ darf der Liebende jedoch seinem Leben nicht selbst ein Ende setzen. Andeutungweise handelt also auch dieses Gedicht vom Widerstreit zwischen Christlichkeit und »natürlicher Liebe«. Die flüchtige Shakespearereminiszenz in meiner Übersetzung (angekränkelt von der Blässe des Todes!) konnte ich mir nicht verkneifen: der Text legt sie nahe.

Nr. 39 Offenbar hatte Laura dem Dichter ein Treffen zugesagt, aber dieser weicht aus, weil er die Gewalt des »Angriffs der schönen Augen« fürchtet. Provenzal meint, dies sei »un sonetto di mediocre valore«, ohne das zu begründen. Eine gewisse »Spitzfindigkeit« gehört nun mal zu Petrarcas Liebesdichtung – und Widersprüche zwischen einem Gedicht und einem anderen scheut er nicht. »Normalerweise« sehnt der Dichter sich ja doch nach einer Begegnung mit seiner Laura.

Weicht er ihr aus, muß sie jedoch erst recht erkennen, wie groß seine Liebe ist.

Nr. 46 Spiegelt Laura sich, oder sind die Spiegel, in die der Liebende schaut, ihre Augen? Sehr merkwürdig klingt der Schluß, wo eben diesen Spiegeln eine tödliche Abgründigkeit zugesprochen wird. Ob die Übersetzung ganz richtig ist, mag dahingestellt sein: manche Gedichte Petrarcas sind, wie dieses, fast nicht zu entschlüsseln, das muß ihren Wert nicht schmälern. Trauer und Todeserwartung kennzeichnen jedenfalls dieses Sonett.

Nr. 47 Prompt folgt der Widerspruch zu Sonett 39: Petrarca hat, vielleicht mehr oder minder zufällig, Laura wieder getroffen – und ist selig.

Nr. 50 Wieder einer jener bekannten Texte Petrarcas. Was die wiederholten Vergleiche, die so bildhaft sind, verdeutlichen, ist klar: alle Menschen finden Ruhe, nur der Liebende nicht. Die Sehnsucht nach Ruhe ist eines der überzeugendsten und durchgehendsten Motive des Dichters. Man möchte an den Messetext denken: »Dona nobis pacem!« – Zur Canzone gehört die merkwürdige Anrede an das Gedicht in der kurzen Schlußstrophe, über die man getrost hinweglesen mag.

Nr. 54 Ist ein »Madrigal«, ein Gedicht aus drei »Terzetten« und einem Schlußvers. Diese Gedichtform soll (wie die »ballata«) volkssprachlichen Ursprungs und ursprünglich gesungen worden sein. Petrarca verwandelt die sonst meist satirische oder polemische Dichtungsart dem Ton seines *Canzoniere* an. Das Gedicht erzählt gleichsam eine kleine, erfundene Geschichte, ist insofern weniger »intellektuell«, als die Sonette zu sein pflegen.

Nr. 56 Wieder ein Klagegedicht, ausgelöst offenbar durch ein neuerliches Versprechen Lauras, den Liebenden zu treffen: doch sie kam nicht. Darüber beklagt Petrarca sich, und er verallgemeinert seinen Kummer mit einem Zitat aus Ovid (Metamorphosen III, 135), den er jedoch nicht nennt. Der Leser wird ihn schon kennen, denkt sich der Dichter. Der Vers lautet: »dicique beatus/ante obitum nemo ... debet«, also: »keiner ist glücklich zu nennen vor seinem Hinscheiden.« Der *Canzoniere* ist nicht für Ungebildete geschrieben!

Nr. 59 Wieder eine »ballata«.Nicht einmal der Tod, sagt der Dichter, werde seine Liebe enden lassen. Tatsächlich lebt diese ja nach Lauras Tod im »Canzoniere« weiter.

Nr. 61 Ist ein Loblied und Dankgesang, der die Negativaspekte der Liebe mit einschließt, einschließlich des Dichtens, das dem Dichter doch sonst solche Reuegedanken eingibt. Widersprüche über Widersprüche!

Nr. 74 Besingt nun wieder eben die Reue, die in Sonett 61 fehlte. Selbst Ratlosigkeit kann ein lyrisches Thema sein. (Es mag falsche Bescheidenheit mit hineinspielen: was zählt, soll jedenfalls der Kunstwille sein, wie es zum Schluß heißt, den man als eine Art Leseempfehlung auffassen mag.)

Nr. 89 »Besser in Fesseln leben und lieben als frei sein und nicht lieben«: das ist der Gedanke, dem dieses Sonett Ausdruck gibt. Als moderner Leser spürt man (vielleicht) die Erkenntnis heraus, daß Liebe einen Verlust an persönlicher Freiheit mit sich bringt; Petrarca schien das zu wissen, aber »in Kauf zu nehmen«.

Nr. 90 Soll angeblich Antwort geben auf die Frage eines Liebhabers von Petrarcas Lyrik, der sich wunderte, wie eine solche übermäßige und langanhaltende Liebe möglich sei. Der Dichter antwortet, indem er die Schönheit der Geliebten, so wie er sie zum ersten Mal sah, sowie die Andeutung eines Entgegenkommens schildert. (»Se non è vero, è ben trovato«, mag man zu der Anekdote sagen.) Auf jeden Fall ist dies nun ein »Erinnerungsgedicht«, das – wenn wir's recht verstehen – die Geliebte schon älter werdend (oder vielleicht kränkelnd?) darstellt. Der Schlußvers spielt auf Amors Bogen an, der nicht mehr so straff zu sein scheint wie einst: das heißt, die Leidenschaft ist nicht mehr so heftig – aber die Wunde, die der Liebespfeil geschlagen hat, heilt doch nicht.

Nr. 96 Wieder das Freiheitsthema! Hier überwiegt jedoch das Bedauern, daß der Liebende »die Straße der Freiheit« verlassen hat.

Nr. 97 Und noch einmal das Thema »Liebe oder Freiheit«! Ach, der süße, ersehnte Zwang der Liebe!

Nr. 101 Liebe als Unvernunft, die »mit den Sinnen kämpft«. Wer wird siegen? (Eigentlich sollte es die Vernunft sein.)

Nr. 106 Wieder ein »Madrigal«: kurz und anschaulich. Eine hübsche, allegorische »Anekdote«.

Nr. 107 Behandelt erneut (Petrarca variiert unermüdlich dieselben Motive) das Thema der Unentrinnbarkeit der Liebe. Das Schlußterzett spielt auf den Namen der Geliebten an, mit dem Petrarca (in einer uns etwas manieriert vorkommenden Weise) spielt: daher der Lorbeer, italienisch »lauro« (ein andermal ist es »l'aura«, die laue Luft, an die der Name den Dichter erinnert). Der »Feind« ist natürlich Amor. Er zwingt also den Liebenden, der eigentlich fliehen möchte, dennoch in Lauras Nähe zurückzukehren.

Nr. 110 Die »älteren Gedanken«, in die der Dichter »versunken war«, dürften diejenigen des Noch-nicht-Verliebten gewesen sein. Dann sah er »einen Schatten« neben sich (!) und erblickte Laura. Solche sparsamen Anspielungen auf Wirklichkeiten sind typisch für Petrarca. Das Thema: wie überraschend, wie »blitzartig« die Liebe einen überfallen kann, kennen wir auch heute gewiß noch.

Nr. 111 In der Erinnerung färbt sich die Liebe süß: sie scheint die Wirklichkeit schärfer zu erfassen als die Gegenwart. Darf man an Proust denken bei diesem Sonett?

Nr. 116 Wieder die »erinnerte Liebe«! Diesmal mit einer Anspielung auf das Tal der Sorgue, in dem Petrarca Laura getroffen haben will, nachdem er ihr zuerst in Avignon begegnet war. Die Natur als Erinnerungsstütze!

Nr. 118 Hier spielt nun die vergangene Zeit eine andere Rolle: ihre Dauer erinnert den Liebenden an das Nichtendenwollen seines Liebesleids. Aber es ist sein Schicksal.

Nr. 124 Ein Trauergedicht! Die Liebe bringt immer *mehr* Kummer, da gibt es keine Hoffnung. Was für ein Bild: die Hoffnung als Glas, das das Denken (»i pensier«) zersplittert!

Nr. 126 Dies ist die berühmte »Blütencanzone«, deren schönste Strophe in der Tat die vierte sein dürfte, wo der Dichter Laura im Blütenregen sitzen sieht – wie immer an den Ufern der Sorgue, in Vaucluse.

Nr. 132 Zählt die Widersprüchlichkeiten der Liebe auf und muß, trotz der komplizierten, uns verkünstelt vorkommenden Argumentation, als typisch angesehen werden: solche Sonette gibt es etliche im *Canzoniere,* und sie wurden mit größter Vorliebe von Petrarcas Nachahmern, den Petrarkisten, nachgemacht.

Nr. 133 Liebespfeile, die Sonne, der Schnee, Nebel und Wind: es ist diese Metaphorik, die die Petrarkisten übernehmen und unermüdlich weiter variieren werden.

Nr. 134 Spielt erneut mit den Antithesen und Paradoxien der Liebe und ähnelt insofern Sonett 132.

Nr. 140 Lauter Allegorien! Aber man spürt die Intensität, die Lebendigkeit des Empfindens dennoch – und einige der bildlichen Vergleiche prägen sich besonders ein, so das der Standarte, die Amor auf der Stirn des Liebenden aufpflanzt, um sich danach in dessen Herz zu verstecken.

Nr. 141 Man kennt das Bild vom Schmetterling, der in die Flammen fliegt und dort umkommt. Petrarca malt es weiter aus und erläutert es gleichsam im Gedicht.

Nr. 145 Ist die etwas gekürzte Übersetzung einer Ode von Horaz, die Petrarca in seine Sammlung aufgenommen hat, ohne es zu sagen. Man muß es dem Kommentar entnehmen (und kann, wenn man will, das Original dazu nachlesen).

150 Ein Zwiegespräch zwischen der Seele und dem Dichter: typisch für den »Dialektiker« Petrarca. Diese Form mußte auch »ausprobiert« werden!

Nr. 164 Auch dieses *Sonett* handelt von den Widersprüchen der Liebesempfindung, ist aber mit sparsamen Hinweisen auf die Natur versehen und in das überwiegende (und leichter nachvollziehbare) Gefühl der Ruhelosigkeit eingebettet.

Nr. 169 Liebe macht schüchtern. Eine neue »Nuance« des vertrauten Themas.

Nr. 170 Ist Lauras Entgegenkommen nur Mitleid – oder ist es auch Liebe? Das Sonett variiert Sonett 169 und bringt wieder eine neue »Nuance« ins Spiel. Stammeln verrät den Liebenden, nicht Beredsamkeit.

Nr. 176 Der Liebende im Wald, in den er sich flüchtet, um ungestört zu sein; dessen Evokation macht den Reiz dieses Gedichts wie so vieler ähnlicher aus.

Nr. 189 Auch die Schiffahrtsmetaphorik durfte nicht fehlen: sie ist so alt wie die Bilder vom Eis und vom Feuer, von Krieg und Frieden. Eigentümlicher (zugunsten der Lyrik!) wirkt der Ausdruck »Nebel der Verachtung« – »nebbia di sdegni« –, den kein Kommentator erklärt.

Nr. 192 Ausnahmsweise ein reines Lob- und Preislied auf Laura! (Sonst überwiegt ja die Blickrichtung auf den Liebeskranken, den lustvoll leidenden Dichter, insofern mag man Petrarcas Lyrik solipsistisch nennen!)

Nr. 205 Noch einmal ein Zwiegespräch zwischen der Seele und dem liebenden Dichter, oder vielleicht richtiger: ein Appell des Dichters an seine Seele mit einem merkwürdig prophetischen Schluß: vielleicht wird es zu anderer Zeit möglich sein zu lieben, ohne so zu leiden wie jetzt?

Nr. 209 Auch dies ist ein Gedicht, das die Nachfolger Petrarcas begeisterte, man findet es bei Ronsard und vielen anderen nachgeahmt, vielleicht wohl auch, weil die Jagd ein Lieblingssport der Adligen war und die entsprechende Metaphorik sich größter Beliebtheit erfreute.

Nr. 218 Ein Lobgesang auf Laura und die Liebe! Mit einem einzigen Satz, der sich über die beiden Schlußterzette hinzieht und eine Aufzählung enthält. (Auch die Syntax gehört zu den Formelementen der Lyrik: sie kann man – wie das Beispiel zeigt – ungeschmälert erhalten.)

Nr. 223 Analogie zwischen der Sonne, die am Himmel steht, und Laura, die öfters ebenso genannt wird; Petrarca stellte sich den Sonnenlauf nach antikem Muster vor als den Weg des Sonnenwagens, den Apoll lenkt. Mit der Nacht kommt der Schlaf ins Gedicht: daß Liebende ihn nicht finden, dürfte einer der ältesten Topoi der Liebesdichtung sein. (Aber dies ist kein »gelehrter Kommentar«: wer einen solchen sucht, schlage Hugo Friedrichs »Epochen der Lyrik« auf; darin werden einige Gedichte Petrarcas auf ihre »Quellen« hin untersucht und erläutert: 1964,157 ff.)

Nr. 229 Laura läßt den Liebenden leiden, aber er weiß, daß das unausweichlich ist, wenn die Liebe – in ihrer Idealität – erhalten bleiben soll: darauf spielt wohl die Rede vom »Grund« an, der dem Dichter bekannt sei, auch wenn die »Wirkungen« ihm Tränen entlocken. Etwas »spitzfindig«, mag man sagen, aber das hat Petrarcas Wirkung über die Jahrhunderte nicht geschadet, im Gegenteil.

Nr. 249 Der *Canzoniere* ist ein wohlstrukturiertes Ganzes, das ist oft beobachtet worden (besonders von H. Friedrich). In diesem Sonett – wie in einigen anderen aus dem Umkreis – spricht Petrarca von düsteren Ahnungen, die auf eine Krankheit Lauras, womöglich ihren baldigen Tod, hindeuten.

Ohne Nummer: Petrarca hat Lauras Tod in seinem *Canzoniere* nicht direkt zur Sprache gebracht. Aber er widmet ihm in seinen *Trionfi*, einer nach Dantes Vorbild in Terzinen gehaltenen Dichtung, die Verse, die hier wiedergegeben werden. Sie sprechen (denke ich) für sich und zählen zu den ergreifendsten Versen, die Petrarca geschrieben hat.

Nr. 267 Ist das erste Sonett nach Lauras Tod, der angeblich am 6. April 1348 erfolgte – also auf den Tag genau 21 Jahre nach der ersten Begegnung mit Petrarca. Auffällig mutet die scheinbare Kunstlosigkeit des Gedichts an: keine gesuchten Metaphern und Vergleiche (außer allenfalls dem, daß Laura eines Throns würdig gewesen wäre – auch dies ein alter Topos). Wie schlicht ist der Schluß!

Nr. 268 Ist eine »Canzone«: die zweithäufigste Gedichtform des *Canzoniere*. Canzonen sind Langgedichte mit einer streng geregelten Strophenfolge und einem an das Gedicht selbst gerichteten, merkwürdigen »Aufruf« am Schluß. Sie sind stärker »additiv« gebaut, während das Sonett »argumentativ« zu sein pflegt. Doch das sind begriffliche Unterscheidungen, die schärfer trennen, als das bei Petrarca der Fall sein kann.

Nr. 272 Ein trauriges, kein Trostgedicht! Wie so oft, kann man sagen: das Thema ist nicht originell, aber die Formung ist es.

Nr. 273 Die Hinwendung zur Frömmigkeit kündigt sich an.

Nr. 278 Todessehnsucht aus Liebe; aus Anlaß der Wiederkehr von Lauras Todestag.

Nr. 279 Laura spendet dem »Hinterbliebenen« Trost: es ist eines der vielen Gedichte, wo die Geliebte dem Liebenden – im Traum – als eine Vision erscheint (und dabei erst recht lebensnah wirkt).

Nr. 282 Wieder ein Trostgedicht!

Nr. 285 Trost in der Gestalt, daß der Liebende hofft, durch seinen baldigen Tod in den Himmel zu kommen, wo er mit seiner Geliebten wiedervereint sein wird. Noch Rousseau hat – in seiner »Neuen Heloise« – diese Hoffnung so glaubhaft gefunden, daß er den Schluß seines Romans danach gestaltet hat.

Nr. 288 Zur Struktur des *Canzoniere* gehören die Anklänge an die Landschaft bei Vaucluse, die im zweiten Teil so wenig fehlen wie im ersten. Ohne diese Naturkulisse ist Petrarcas Dichtung nicht zu denken.

Nr. 290 Klarer als zuvor spricht der Dichter aus, daß seine Liebe »keusch« sein mußte, um Bestand zu haben (dahinter steht natürlich letztlich Platon, dessen Philosophie im 12. Jahrhundert eine große Rolle gespielt hatte und die in der italienischen Renaissance zum Neuplatonismus führen wird, zu dem Petrarca überleitet).

Nr. 292 Das überaus traurige Sonett kündigt das Ende von Petrarcas Liebesdichtung an: auch das ein Strukturzeichen.

Nr. 298 Die süße Trauer setzt sich fort. Petrarca ist nicht nur ein Dichter des Liebesleids, sondern auch der Trauer!

Nr. 302 Laura spricht und macht eine Geste: die Verstorbene lebt eher mehr, als die Lebende lebte!

Nr. 303 Erneut ein Trauersonett, diesmal aber – im Schluß – verallgemeinernd, von großer, ergreifender Schlichtheit!

Nr. 304 Bedauern des Dichters, Laura zuliebe nicht noch schönere Verse geschrieben zu haben: eine Art Bescheidenheitsbekundung, in der ein Lob auf die Geliebte versteckt ist.

Nr. 305 Der »große Fels« ist derjenige, dem die Sorgue entspringt, die ich »unseren Fluß« nenne, weil ich nicht weiß, ob der Fluß deutschen Lesern bekannt genug wäre, um mit Namen genannt zu werden. Wieder knüpft sich Erinnerung an einen bestimmten Ort. Die Stadt hingegen, wo Petrarca Laura zum ersten Mal begegnet sein will, ist Avignon. Worauf die Anspielung hindeutet (sie solle die Stadt »meiden«), wisse man nicht, sagt unser Kommentator, Provenzal.

Nr. 310 Welcher Kontrast, der blühende Frühling und die innere Öde!

Nr. 311 Nachtigallengesang, Todesgedanken, Bewußtsein des Vergänglichen ... »Gentile di concetto e di suoni«, vermerkt Provenzal: »hübsch in Gedanke und Klang«.

Nr. 315 Merkwürdiges Gedicht: wäre Laura nicht so früh gestorben, hätte Petrarcas Liebe ruhigere, weniger sinnliche Formen angenommen – und sie hätten »nebeneinander sitzen und sich etwas erzählen können«. Wie einfach das gesagt ist! Um so glaubhafter wirkt dann die Klage über den grausamen Tod. (Das 14. Jahrhundert hatte noch teil am mittelalterlichen Todesdenken: es ist auch noch eine »herbstliche« Zeit, wie Huizinga meinte, nicht nur der Frühling einer neuen Ära.)

Nr. 317 Greift das Thema von 315 auf und variiert es. (Man muß Petrarca so lesen, daß man die Variationen erkennt.) Zum Schluß wieder ein »Realismus«: die altersgefärbten Haare!

Nr. 319 Vergänglichkeit der irdischen Welt, Hoffnung auf das »ewige Leben«. (Petrarca ist und bleibt ein Gläubiger.)

Nr. 320 Die Landschaft um Vaucluse, die wieder evoziert wird, partizipiert an der Trauer des Liebenden ebenso, wie sie an seiner Wonne teilgehabt hatte.

Nr. 329 Die Schleier-Symbolik ist hier einfacher zu verstehen als sonst: der Schleier verhindert hier nur die klare Erkenntnis, anderswo ist der Leib, die »sterbliche Hülle« Lauras damit gemeint.

Nr. 344 Zu Petrarcas Widersprüchen gehört es, daß ein und dasselbe Phänomen ganz verschiedene Wirkungen haben kann, so auch Lauras Tod, der erst Frieden, ein andermal Unrast mit sich bringt.

Nr. 352 Hier meint der Schleier »die sterbliche Hülle«. Und wieder klingt das Schlußterzett ganz einfach und eben dadurch großartig.

Nr. 361 Thema: das Altwerden, dessen man nicht gewärtig war, bis man es mit einmal merkt. Fast überraschend dann die rückblickende Huldigung an Laura.

Nr. 364 »Einundzwanzig Jahre«, eine ungewöhnlich genaue Angabe, die von den Nachfahren ernst genommen wurde, aber natürlich nur ein Mittel zur Glaubhaftmachung ist. (Lauras Existenz hat die Gemüter bis hin zum Marquis de Sade und darüber hinaus bewegt: mit diesem soll sie verwandt gewesen sein!) Die Töne frommer, reuiger Zerknirschung gehören zum Schluß des *Canzoniere*.

Nr. 365 Ein Gebet an Gott, den Herrn, dem im Original noch eines an die Jungfrau Maria folgt.

Petrarca und die Dialektik der Liebe

Jeder Opernliebhaber kennt das Lied, das Cherubino in Mozarts »Hochzeit des Figaro« der Gräfin Almaviva vorsingt. Ich gebe links das Original, rechts die deutsche Fassung von Schünemann und Soldan wieder, die gesungen wurde, als man noch nicht den Mut hatte, italienisch zu singen:

Voi che sapete	Sagt, holde Frauen,
Che cosa è amor,	Die ihr sie kennt,
Donne, vedete	Sagt, ist es Liebe,
S'io l'ho nel cor.	Was hier so brennt?
Quello ch'io provo	Ich will's euch sagen,
Vi ridirò;	Was in mir wühlt,
E per me nuovo,	Euch will ich's klagen,
Capir nol so.	Euch, die ihr fühlt.
Sento un affetto	Sonst war's im Herzen
Pien di desir,	Mir froh und frei,
Ch'ora è diletto,	Es waren Schmerzen
Ch'ora è martir.	Und Angst mir neu.
Gelo, e poi sento	Jetzt fährt wie Blitze,
L'alma avvampar,	Bald Pein, bald Lust,
E in un momento	Bald Frost, bald Hitze
Torno a gelar	Durch meine Brust
.../...	.../...
Non trovo pace	Es winkt und folgt mir
Notte, nè dì,	Nun überall,

Ma pur mi piace	Und doch behagt mir
Languir così.	Die süße Qual.
Voi che sapete	Sagt, holde Frauen
etc.	usw.

Sagt man sich, wenn man den deutschen Text hört, das Textbuch zu »Figaros Hochzeit« müsse ein (mit Verlaub:) ziemlicher Schmarren sein, so sieht die Sache ganz anders aus, wenn man Da Ponte zur Kenntnis nimmt. Da ist von keinem »Wühlen« und von keinen »Blitzen« die Rede, nur von einem »diletto«, der »martir« ist, von einem »avvampar dell'alma«, das heißt, einem Aufglühen der Seele, von Friedlosigkeit und Nichtschlafenkönnen, sowie von einem Schmachten, das man dennoch nicht missen möchte.

Wer Petrarca gelesen hat, der erkennt sofort: Cherubino kopiert den Lauradichter – vielmehr, es ist Mozarts Textdichter Da Ponte, der das getan hat. Da macht der erstmals Liebende eine Erfahrung, die ihm neu ist, er versteht nicht, wie ein und dasselbe Gefühl ihn einmal entzücken und gleich danach erschrecken kann, wie ihm kalt und gleich darauf heiß wird, um dann wieder zu frösteln – und wie er, wie gesagt, keinen Schlaf findet, was ihn dennoch erfreut ...

All das ist dem Petrarcaleser vertraut. Und er hört vielleicht sogar aus Cherubinos »Non trovo pace« den Anfang von Sonett 134 heraus, der ebenso lautete: »Pace non trovo ...« Die Metaphorik vom Eis und dem Feuer, dem frostigen Erschauern – es ist eine Art Angstgefühl – und dem brennenden Verlangen, hatte Da Ponte sogar schon einmal verwandt, nämlich in der sechsten Arie des Cherubino, wo es hieß:

Non sò cosa son, cosa faccio,
Or di foco, ora son di ghiaccio.

Anders als Petrarca, dachte Mozarts Librettist offenbar, kann einer, der erstmals liebt, sich gar nicht ausdrücken. Das schien ihm so selbstverständlich, daß er, der sonst seiner französischen Vorlage, Beaumarchais' »Mariage de Figaro«, meist Wort für Wort folgt, hier von dieser gänzlich abweicht. Anstelle des »Voi che sapete ...« war bei Beaumarchais eine »Romanze« erklungen, die Chérubin, von Susanna auf der Gitarre begleitet, der Gräfin vorsingt:

Mon coursier hors d' haleine
(Que mon cœur, que mon cœur a de peine)
J'errais de plaine en plaine,
Au gré du destrier ...

Das also sang Beaumarchais' Page, der auch bei dem Franzosen schon dichten kann und musikalisch ist, der Gräfin vor, und zwar auf die volkstümliche Melodie von »Malbrough s'en va-t-en guerre«.

Man muß nicht viel Französisch können, um zu erkennen, daß das etwas ganz anderes war. Beaumarchais schwenkte hier auf eine Mode der Zeit ein, das »Genre Troubadour«, die in Paris grassierte. Da Ponte wußte entweder davon nichts oder, was wahrscheinlicher ist: er wollte dem französischen Dramatiker im nachhinein zeigen, wie man als italienischer Liebender empfindet und spricht. Es ist eine Art Lektion post festum, die er Beaumarchais erteilt.

Ich kenne kein Beispiel, das schlagender beweist, wie fest sich die Liebeskonzeption Petrarcas in Italien eingewurzelt hat. Der Dichter des *Canzoniere*, der ja unermüdlich nachgebildet worden war, schien ein für allemal in Worte gefaßt zu haben, wie die Liebe empfunden wird – nämlich, das Wort muß nun hier fallen: *dialektisch*. Wie anders sollte man die widersprüchlichen, einander entgegengesetzten Empfindungen nennen, die in das Einverständnis münden, es könne nicht anders sein: der Schmerz wäre die These, die Lust die Antithese und das Bejahen beider die Synthese. Klingt das ein bißchen scholastisch, so ist das angesichts der hoch-intellektualisierten Wahrnehmung des Gefühls, mit der wir es in der Sonettdichtung zu tun haben, nicht unangebracht. (Es ist ja auch noch nicht lange her, daß Aristoteles im Abendland rezipiert wurde und dem scholastischen Denken den Weg bereitet hat.) Das Sonett, hat man gesagt, erinnere an das Argumentationsschema des Syllogismus. Es ist auf jeden Fall eine Dichtungsform, die sich dazu eignet, im ersten Quartett einen bestimmten Sachverhalt oder eine Vermutung auszusprechen, im zweiten das Gegenteil anzudeuten und in der Konklusio der beiden Terzette die Versöhnung der Gegensätze zu bringen. So streng wird das Schema freilich nicht immer behandelt.

Im übrigen erfinde ich die Verbindung von Liebe und Dialektik nicht. Man findet sie schon in der Einleitung zu Petrarca in Hugo Friedrichs unnachahmlichen *Epochen der italienischen Lyrik*:

»Beherrschend ist in der Dichtung (Petrarcas) der Schmerz, oder genauer: die Dialektik des Schmerzes, die auch eine Dialektik des Schuldgefühls, der Demut, der Hoffnung, der Verzweiflung in sich schließt...« (217)

Friedrich führt weiter aus, daß die Ausdrucksform dieser »Dialektik«, das »Oxymoron«, eine Stilfigur sei, die schon in der antiken Liebesdichtung, bei der Sappho oder bei Ovid, anzutreffen ist, die Petrarca aber nicht nur übernommen und sich zu eigen gemacht, sondern mit neuem Leben, neuer Wahrhaftigkeit erfüllt habe. In der Antike – und noch bei den Troubadours – galt die Liebe als eine Krankheit, von der man sich zu heilen sucht. Das kann sie bei Petrarca auch noch sein. Aber meistens bejaht er die Krankheit: er leidet an ihr, aber möchte sie, um nichts in der Welt, loswerden, denn er genießt das Leiden selbst. Um noch einmal Friedrich (der dies alles unübertrefflich darstellt) zu zitieren:

»Die Lauraliebe sucht keine Heilung. Schmerzsüchtig treibt sie in ihre Unruhen und Aporien hinein und ergründet verweilend deren verschränkte Reize ...« (217)

In einigen Fällen, so in Sonett 134, wirkt das »hochmanieristisch«, aber das hat der Wirkung nicht geschadet, im Gegenteil. Gerade dieses Sonett, an das sich Da Ponte noch so lebhaft erinnert (und das Mozart indirekt vertont hat), wurde ins Lateinische übersetzt und ist von einem der namhaftesten Theoretiker der Barockdichtung, Tesauro, als ein Musterbeispiel für Liebesdichtung gepriesen worden.

Oxymora und Antithesen dieses Typs waren Petrarca auch von Seneca her bekannt. Aber dort wurde die »voluptas dolendi«, die »Lust am Leiden«, beklagt oder verurteilt, während Petrarca sie bejaht und zu einem Wesenszug seiner selbst macht. »Gegen allen Widerstand lieben und sich selber aufgeben zu müssen« (um noch ein letztes Mal Friedrich zu zitieren), »gezwungen zu sein zu einer Hoffnung, die schon bei ihrem Entstehen ihre Vergeblichkeit spürte, – zu erlahmen aus einem Übermaß an Wollen, – zu erschrecken über die Vergänglichkeit auch des Schönsten auf Erden, – die tötende Folge des Schmerzes zu wissen und doch der Liebe zu ihm nicht müde zu werden, – in der besonnten Welt immer nur die von der weggegangenen Herrin hinterlassene Leere zu, sehen, – schuldig zu sein durch etwas, das er nicht gewollt hat«: das ist das Schicksal des Liebenden nach Petrarca, dem diese Dialektik nicht die Zunge lähmt, sondern im Gegenteil, der seinen Schmerz in Töne, sein Leiden ins Lied faßt. »Cantando il duol si disacerba«, »singend entbittert sich der Schmerz«: diese Kernaussage Petrarcas über sein Dichten kann man nicht oft genug anführen. Sie trifft ins Schwarze. Denn man kann auch vermuten, die Dialektik sei bei Petrarca gar nicht das Primäre, sie sei vielmehr die Folge eines Bedürfnisses, zu »sagen, was er leidet«. (Hier hat Goethe Petrarca nachempfunden.) Das Singen-Müssen, und zwar ein schwermütiges, ein Singen in Moll, nicht in Dur, dürfte Petrarcas ureigenster Antrieb zum Dichten gewesen sein. Daher spielt auch der Klang in seinen Gedichten eine so große Rolle – und daher sollte man, wenn es irgend geht, versuchen, von den Übersetzungen (die diesen Klang nicht wiedergeben können) zu den Originalen zurückzublicken. Viele Wortwiederholungen, ganze Passagen, denke ich, sind bei Petrarca, wie wohl bei jedem »echten Dichter«, vom Klang, von der Möglichkeit der Sprache zu klingen, her komponiert, einschließlich der Reime.

Vielleicht mag dieser an Hugo Friedrich angelehnte Versuch, etwas von der Besonderheit Petrarcas zu verstehen zu geben, dem Leser dazu verhelfen, die nicht selten einfachen, relativ leicht verständlichen Gedichte des *Canzoniere* ein wenig zu vertiefen. Es bleiben weitere Fragen genug – vor allem die nach unseren Verständnismöglichkeiten *heute*.

Kann uns die Liebeslyrik des Dichters aus dem vierzehnten Jahrhundert noch ansprechen? Ist da nicht zu viel Gelehrsamkeit hineinverwoben, die wie ein Ballast auf uns wirkt? Und kann man noch verstehen, wie ein flüchtiger Blick, ein kaum merkliches Lächeln oder Erröten der Frau einen Mann derart in Bann schlägt, daß er sein Leben lang davon zehrt, und, wenn sie gestorben ist, hofft, er werde die Geliebte im Himmel wiedersehen? Denn das war es ja doch, und mehr nicht, was Petrarca sich ausgedacht und als wahre Lebensbegebenheit dargestellt hat, um es in seinem lyrischen Tagebuch zu preisen oder zu beklagen! So könnte man in der Tat fragen, und so könnte man die 366 Gedichte des *Canzoniere* bezeichnen: »das Tagebuch einer Liebe«, die von der Erinnerung an eine Begegnung lebt und in das dann gelegentlich auch noch ein paar weitere flüchtige Begegnungen eingeflochten werden. Von Sexualität ist da nicht die Rede, nur von Nostalgie, von Sehnsucht und von Hoffnungen, die niemals, so weiß es der Dichter, in Erfüllung gehen werden. Daß Laura, falls es so war, verheiratet war, spielt bei alldem – typisch für die vom Mittelalter ererbte Minne! – keine Rolle.

Also: all das ist uns denkbar fremd geworden, kein Zweifel. Liebe so gänzlich ohne Sex, wie soll man das verstehen? Ich weiß es auch nicht. Wohl aber möchte ich sagen, daß man noch immer erfahren kann, wie widerspruchsvoll Liebe ist. Dies ist das Tor, durch das man Zugang zu Petrarca finden kann, und das gilt für heutige Leser so gut wie für solche von früher. Manchmal spitzt der Dichter die Widersprüche zu; das gehörte zum Stil der Lyrik seit den provenzalischen Trobadors. Dabei ist viel Artistik mit im Spiel, viel Freude an der Kunst des variierten Wiederholens. Es fällt jedoch beim Wiederlesen des *Canzoniere* auf, daß ein unleugbares Freiheitsbedürfnis den einen Pol dieser Widersprüchlichkeit ausmacht, während der andere die Bindung ist, die diesem Bedürfnis im Wege steht. Petrarca wollte offensichtlich frei sein und litt darunter, daß er es nicht konnte, weil er lieben mußte – das aber war, natürlich, wiederum so »süß«, daß er es nicht missen wollte. (Was ich da sage, bleibt natürlich weit hinter dem zurück, was Petrarca selbst sagt, ich wollte nur daran erinnern). Wollte man (wie's heute Mode ist) von »Selbstverwirklichung« sprechen, so käme man an Petrarca kaum vorbei; jedenfalls gab es da etwas, was nicht so leicht, nicht problemlos mit der Aufgabe seiner selbst zu verbinden war, die die Bindung an einen geliebten Menschen nun einmal bedeutet. Hier liegt die Modernität unseres Dichters; auf diesem Wege kann man noch heute einen Zugang zu ihm finden.

Es bleiben Schwierigkeiten genug. Zum Beispiel die häufigen Wiederholungen fast derselben Themen oder das tränenreiche Wehklagen. Man muß also auswählen – und das habe ich auch deswegen getan, weil es eine ziemlich große Anzahl effektiv unübersetzbarer Gedichte von Petrarca gibt. Ich meine die, die von dem Spiel mit gleichen oder fast gleichen Klängen von Worten verschiedener Bedeutung leben, vor allem die Gedichte, in denen Lauras Name sinnstiftend ist. »L'aura gentil« oder »l'aura soave« und ähnlich heißt es oft: das möchte man mit »lauem Lüftchen« übersetzen – aber dann ist die mitgedachte Bedeutung der Person, die so heißt, eben Laura, nicht mit eingefangen. Das Problem ist unlösbar, und es dürfte auch schwerlich gelingen, den Reiz dieser Sache nachzuvollziehen. Es war eine Marotte, ein Tick des Dichters! Ich habe diese Gedichte alle weggelassen.

Und dann gibt es im *Canzoniere* auch eine ganze Anzahl von Gedichten, die nicht von der Liebe handeln, Trostgedichte, Huldigungen, Schmähungen oder den berühmten Hymnus auf Italien. Hier sollten jedoch nur Liebesgedichte wiedergegeben werden. Man fragt sich, warum Petrarca dieses Hauptthema seiner Sammlung gelegentlich, oder sogar öfters, verlassen hat. Um zu zeigen, daß er anderes auch konnte? Hatte er das nötig? Groß war er doch vor allem als Liebesdichter – immer vorausgesetzt, wir rechnen die Liebesklagen dazu. Es fehlt also, denke ich, in der vorliegenden Auswahl nichts Wesentliches. Auch die meisten Variationen des einen Themas kommen vor, selbst von der »Geschichte seiner Liebe« bekommt man das Wichtigste mit. Diese ist das wichtigste Kompositionsprinzip des *Canzoniere*. Man kann dabei beobachten, wie sich immer wieder neue Themen ankündigen, während wie Echos die alten noch einmal anklingen. Zum Beispiel die Krankheit Lauras, die zum Tode führen wird: man ahnt schon, daß dieser kommen muß! Oder die »Erinnerungsgedichte«, auf die im ersten Teil, den Gedichten auf die lebende Laura, zugesteuert wird, und die im zweiten, »in morte di Madonna Laura«, überwiegen.

Soviel hierzu. Ich schließe mit einigen wenigen Worten zu meiner Übersetzung. Sie ist nicht gereimt, aber leicht, vor allem jambisch, rhythmisiert, aber ich zähle die Versfüße nicht, und ich hafte auch nicht an dem jambischen Rhythmus. Nur lesbar, laut lesbar, muß sein, was ich schreibe! Wer gereimte Übersetzungen Petrarcas und solche mit gleichbleibender Zahl der Hebungen und Senkungen lesen will, der kann entweder zu den älteren Übersetzungen greifen oder sich die neue Übersetzung von Karlheinz Stierle vornehmen: erschienen bei Hanser und danach als Lizenzdruck der Wissenschaftlichen Buchgesellschaft, 1998. Sonette ohne Reim seien keine Sonette, hat der Verfasser behauptet. Man könnte dem entgegenhalten: wer reimt, gibt nicht nur Petrarca wieder, sondern sich selbst! Man hat die Wahl, die Qual der Wahl. Es ist gewiß nicht originell, aber dennoch wahr, wenn ich versichere, daß ich das Original so genau und so vollständig wiedergegeben habe, wie ich konnte, und – das muß unbedingt hinzugefügt werden – wie es mit einem guten Deutsch oder möglichst sogar mit einer lyrischen Sprache vereinbar ist. Wer am Wort der Vorlage klebt, verprellt den Leser nur allzuleicht (wer wüßte das nicht?), wer sich zu weit von der Vorlage entfernt, macht dem Leser ein X für ein U vor. Aber das sind Binsenwahrheiten, allzu allgemeine Erkenntnisse. Mehr ins einzelne geht schon die Frage, ob man dasselbe Wort des Originals immer und unbedingt mit demselben Wort in der »Zielsprache« wiedergeben soll oder muß. Ich habe es mit dem Wort »dolce«, das Petrarca so überaus liebt, mal so, mal so gehalten: wenn's irgend ging, setzte ich »süß« dafür, aber manchmal schien mir »hold« (mag es auch ein wenig antiquiert klingen) besser zu passen. Und »die schönen Augen«? Ach, das ist wohl ein Stereotyp: es hilft nichts, man muß dabei bleiben, auch wenn unser Wort »schön« viel abgegriffener ist als das italienische »bello«. Und die »Flammen« und das »Brennen«? Ich variiere da, so gut ich kann. Und ich verwende nicht selten verbale Umschreibungen für die Klagen des Liebenden, zum Beispiel indem ich ihn erklären lasse, »was ihn bedrückt«.

Mit alldem habe ich hoffentlich einen lesbaren Petrarca geliefert, von dem man sagen kann, er sei nicht verfälscht. Die Auswahl, das bliebe noch zu sagen, folgt keiner der vorliegenden, bisher getroffenen Auswahlen. Ich habe gesagt, wie sie begründet ist und daß sie den *Canzoniere* kaum um etwas Wesentliches kürzt. Die

Übersetzungen, die in dem Band »Petrarcas schönste Liebesgedichte« (insel taschenbuch 1976) enthalten waren, sind, in einigen Fällen textlich verbessert, in diesen Band hinübergewandert.

J. v. St.

Alphabetisches Verzeichnis der Gedichtüberschriften und -anfänge

Die fortlaufende Nummer bezeichnet
die Reihenfolge der Gedichte in Petrarcas Ausgabe
des »Canzoniere«

Inhalt

Die schönsten Liebesgedichte der deutschen Literatur

Die schönsten Liebesgedichte

Ausgewählt von Günter Berg
it 2827. 128 Seiten

Joseph von Eichendorff · Liebesgedichte

Ausgewählt von Wilfried Lutz
it 2821. 128 Seiten

Heinrich Heine · Liebesgedichte

Ausgewählt von Thomas Brasch
it 2822. 96 Seiten

Rainer Maria Rilke · Liebesgedichte

Ausgewählt von Vera Hauschild
Mit einem Nachwort von Siegfried Unseld
it 2823. 112 Seiten

Bertolt Brecht · Liebesgedichte

Ausgewählt von Werner Hecht
it 2824. 128 Seiten

Johann Wolfgang Goethe · Liebesgedichte

Ausgewählt von Karl Eibl
it 2825. 128 Seiten

Hermann Hesse · Liebesgedichte

Ausgewählt von Volker Michels
it 2826. 128 Seiten

NF 75/1/10.02

Novalis · Liebesgedichte

Ausgewählt von Gerhard Schulz
it 2874. 112 Seiten

Annette von Droste-Hülshoff · Liebesgedichte

Ausgewählt von Werner Fritsch
it 2876. 144 Seiten

Paul Celan · Liebesgedichte

Ausgewählt von Joachim Seng
it 2945. 128 Seiten

Anna Achmatowa · Liebesgedichte

Ausgewählt von Olaf Irlenkäuser
it 2946. 128 Seiten

Alexander Puschkin · Liebesgedichte

Ausgewählt von Rolf-Dietrich Keil
it 2968. 144 Seiten

William Shakespeare · Liebesgedichte

Ausgewählt von Jutta Kaußen
it 2987. 128 Seiten

Rabindranath Tagore · Liebesgedichte

Ausgewählt und aus dem Bengalischen
übertragen von Martin Kämpchen
it 2988. 112 Seiten

Francesco Petrarca · Liebesgedichte an Laura

Achtzig Gedichte aus dem »Canzoniere«
Übersetzt, erläutert und mit einem Nachwort
versehen von Jürgen von Stackelberg
it 3022. 128 Seiten

NF74/2/10.02

»Das Leben lieben«

Anthologien im insel taschenbuch

Glück. Erkundigungen, eingeholt von Gottfried Honnefelder. it 1459. 377 Seiten

Einsamkeiten. Ein Lesebuch. Herausgegeben von Ilma Rakusa. it 1691. 230 Seiten

Gedanken zur Nacht. Ausgewählt von Rainer Weiss. it 2737. 176 Seiten

Das Leben lieben. Ausgewählt von Rainer Weiss. it 2634. 176 Seiten

Orte der Seele. Gedanken über das Jenseits. Herausgegeben von Hans-Joachim Simm. it 2238. 327 Seiten

Vom Abschied. Eine Gedichtsammlung. Herausgegeben von Margot Litten. it 694. 177 Seiten

Über die Freundschaft. Herausgegeben von Hans-Ulrich Müller-Schwefe. it 1783. 227 Seiten

Vom Geheimnis der alltäglichen Dinge. Gedanken, Betrachtungen und Erfahrungen. Herausgegeben von Johannes Werner. it 2172. 193 Seiten

Vom Mitleid. Die heilende Kraft. Herausgegeben von Ulrich Kronauer. it 2503. 208 Seiten

Von der Gelassenheit. Texte zum Nachdenken. Herausgegeben von Hans-Joachim Simm. it 2105. 170 Seiten

NF 18/1/5.02

Von der Versöhnung. Texte zum Nachdenken. Ausgewählt von Hans-Joachim Simm. it 2779. 160 Seiten

Von der Würde des Menschen. Ausgewählt von Hans-Joachim Simm. it 2545. 151 Seiten

Was also ist die Zeit? Erfahrungen der Zeit, gesammelt von Gottfried Honnefelder. it 1774. 284 Seiten

NF 18/2/5.02